www.tredition.de

AF216810

Alfred Heiser

Mein Schicksal, mein Unfall, mein Glück

Autobiografische Erinnerungen

www.tredition.de

© 2020 Alfred Heiser

Verlag und Druck: tredition GmbH, Halenreie 40-44, 22359 Hamburg

ISBN
Paperback: 978-3-7497-9258-0
Hardcover: 978-3-7497-9259-7
e-Book: 978-3-7497-9260-3

Das Werk, einschließlich seiner Teile, ist urheberrechtlich geschützt. Jede Verwertung ist ohne Zustimmung des Verlages und des Autors unzulässig. Dies gilt insbesondere für die elektronische oder sonstige Vervielfältigung, Übersetzung, Verbreitung und öffentliche Zugänglichmachung.

Inhaltsverzeichnis

Ein Zuhause mit Schutzengeln

Geboren wurde ich am 19. September 1939 als fünftes Kind meiner Familie; ich war der Benjamin.

Trotz des Zweiten Weltkriegs hatte ich eine glückliche Kindheit. Unser Vater und mein vierzehn Jahre älterer Bruder befanden sich an der Front.

Unsere Mutter beschützte uns Kinder mit allen ihr zur Verfügung stehenden Mitteln. Gott sei Dank empfand ich den Kriegszustand aufgrund meines jungen Alters als abenteuerlich.

Wir bewohnten eine Doppelhaushälfte in einer Siedlung, die 1938 erbaut wurde und in dieser Art ungefähr zwei Dutzend Mal im Großraum Düsseldorf fertiggestellt wurde.

Im Kellerbereich gab es einen Durchbruch zur Nachbarhaushälfte, der bei einem möglichen Bombenangriff als Notfallfluchtweg dienen sollte. In diesen Jahren nutzten aber besonders wir Kinder den Kellerübergang zum jeweiligen Nachbarhaus gerne und fanden das spannend.

Mein Schlafraum befand sich im Obergeschoss. Während eines Beschusses durch feindliche Flieger durchschlug ein Geschoss die Außenwand unseres Hauses, traf mein Bett, in dem ich noch lag, und blieb schließlich im Fußboden stecken.

Schon hier sorgte ein großer Schutzengel für mein Glück!

Noch vor dem Ende des Zweiten Weltkriegs wurde ich in meinem Dorf Urdenbach eingeschult.

Mein Bruder Kaspar starb im Frühjahr 1947. Er war ein Sorgenkind meiner Eltern. Bei seiner Geburt brachte er nur ein Gewicht von 750 Gramm auf die Waage. Er war ein sogenanntes Frühchen. Die medizinische Versorgung eines zu früh geborenen Babys war damals nicht annähernd so gut im Vergleich mit heute. Bubi, so nannten wir ihn, hatte eine geistige Behinderung. Überdies war er ein Hübscher. Trotz seiner Behinderung hatte er bemerkenswerte Fähigkeiten. Leider starb er schon mit sechzehn Jahren nach einer urplötzlich aufgetretenen Krankheit. Wir waren sehr traurig, hatten wir ihn doch alle sehr lieb.

Außer Bubi hatte ich noch drei Geschwister, die ich hier kurz vorstellen möchte. Mein ältester Bruder Heinrich, von allen „Heinz" genannt, war für mich sehr wichtig; hatte ich in ihm doch einen großen Bruder, mit dem ich mich brüsten konnte!

Apollonia, meine älteste Schwester, nannten wir kurz „Loni". Sie hatte die Aufgabe, sich um mich, meine Schwester Anna und, als er noch lebte, um Bubi zu kümmern, denn unsere Mutter war oft erkrankt und litt häufig unter schwerer Migräne. Loni erfüllte ihre Aufgabe liebevoll und mit ganzer Hingabe.

Was mich angeht, so konnte ich in meinem späteren Leben meiner Schwester Loni meine Dankbarkeit dafür erweisen, indem ich sie bis zu ihrem Tod im Jahr 2012 fünf Jahre lang betreute.

Anna, meine eineinhalb Jahre ältere Schwester, war ein rechter Feger, sehr lebendig, temperamentvoll und ein „Sonnenschein"! Da sie an einem Sonntag auf die Welt gekommen war, war sie auch ein Sonntagskind.

„*Ernst des Lebens*"

Mit Beendigung meiner Volksschulzeit feierte ich meine Konfirmation; das war eine großartige Feier für mich. Bevor ich dann in Urdenbach meine kaufmännische Ausbildung im Lebensmitteleinzelhandel begann, zog ich mit einem Mitschüler meiner Klasse durch die Straßen. Wir kamen uns so cool und schon sehr erwachsen vor und schmiedeten Pläne für unsere Zukunft.

Alsbald begann meine Lehrzeit.

In der Berufsschule an der Bachstraße in Düsseldorf stellte unser Lehrer jeden Schüler einzeln vor. Er nannte auch unser Geburtsdatum. Dabei fiel einem Mitschüler und mir auf, dass wir auf den Tag genau gleich alt waren, und so näherten wir uns an. Zwischen Josef Steinfort und mir entstand rasch eine Freundschaft, die noch bis heute Bestand hat.

Nach dreijähriger Lehrzeit wurde ich Kaufmannsgehilfe. Ich verbrachte dann noch weitere sechs Monate im Geschäft meines Lehrherrn Karl Rempath. Zwischendurch machte ich meinen Führerschein. Nach Rempath trat ich eine Stelle bei der Konsumgenossenschaft in Düsseldorf an. Dort arbeitete ich achtzehn Monate in verschiedenen Filialen.

Ich absolvierte einen Kassiererlehrgang und erlernte die konsumeigene Schrift, mit der ich viele Dekorationen eigenständig herstellen durfte. Werbeschilder herzustellen und diese zu beschriften wurde Teil meiner Aufgaben bei diesem Unternehmen.

Als ich später meine Kündigung einreichte, nahm unser damaliger Bezirksleiter dies mit Bedauern zur

Kenntnis. Er empfahl mir, meinen Schritt noch einmal zu überdenken, da man vorhatte, mir in Kürze die Leitung einer Filiale anzubieten.

Doch ich hatte einen anderen Plan: Durch die Fahrverkäufer, die auch unsere Komsumfiliale belieferten, war mein Interesse an dieser Tätigkeit geweckt. Ich wollte es ihnen gleichtun und auch mein „eigener Chef" werden. Dass man täglich den Arbeitsverlauf selbst bestimmen könne, hatten mir manche der Fahrverkäufer über ihren Job vermittelt. Und dass man es in dieser Branche auch zum Tourenleiter schaffen könne. Hier sah ich meine Zukunft.

Was das in Aussicht gestellte Leiten einer Konsumfiliale angeht, so hatte ich die Erfahrung gemacht: Die meisten Angestellten waren weiblich. Es waren viele nette Kolleginnen unter ihnen, jedoch musste ich leider auch Missgunst erleben. Mir war klar, dass ich damit nicht gut umgehen könnte.

Deshalb fiel es mir leicht, mein anderes Vorhaben anzustreben. Ich stellte mich also bei der Firma R.A. Hischer in Düsseldorf-Reisholz vor und bewarb mich als Fahrverkäufer. Beim Bewerbungsgespräch waren der Chef, Herr Hischer, ein Produktionsleiter, Herr Frank, sowie ein Tourenleiter, Herr Masuch, anwesend.

Zunächst schien ich ihnen für diese Arbeit „zu schmächtig" zu sein, wie sie das nannten. Doch ich schien für die Herren ansonsten gute Voraussetzungen mitzubringen, mich dennoch einzustellen. Sie wollten es also mit mir versuchen. Am 31. März 1959 trat ich meine Stelle als Fahrverkäufer an. Schicksalsträchtig war der Tage davor, der 30. März.

Verliebt im Reisebus

An diesem Tag, einem Ostermontag, lernte ich meine heutige Ehefrau kennen. Unabhängig voneinander befanden wir uns beide in einem anderthalbstöckigen Reisebus der Reisegesellschaft Liesegang.

Hannelore war mit ihrer Mutter Antonie und mit ihrem neunjährigen Bruder Friedhelm unterwegs. Ich war in Begleitung meines Freundes Josef und seiner damaligen Freundin und späteren Ehefrau Irmgard.

Mit der Reisegesellschaft machten wir an diesem Tag gemeinsam eine Tagesfahrt an die Ahr. Wir genossen das sonnige und warme Wetter. Im Laufe dieser schönen Stunden verliebte ich mich Hals über Kopf in Hannelore.

Schon am nächsten Tag erfuhr ich eine weitere wichtige Veränderung in meinem Leben. An diesem ersten Arbeitstag erhielt ich einen Eindruck, was das Dasein als Fahrverkäufer bedeutet. Zunächst fuhr ich als Beifahrer mit, hatte viele Eindrücke und sammelte die ersten Erfahrungen.

Ich erkannte sehr bald, dass ich in dieser Branche Fuß fassen wollte. Es dauerte auch nicht lange bis ich ein eigenes Fahrzeug und eine Tour mit vielen Kunden übernehmen durfte.

Dass ich von diesem Betrieb übernommen würde, war der Geschäftsleitung und mir schon bald klar. Ich war nicht faul, war an allem sehr interessiert und gewann sehr bald den einen und anderen Kunden dazu. Das kam bei meinem Chef sehr gut an.

Mein Chef, seines Zeichens Ingenieur, war der Inhaber dieses Sinalco-Abfüllbetriebs und Teilhaber der Firma Harzer Kristall-Brunnen im Harz. Wir vertrieben nicht nur Sinalco und Sprudelwasser, sondern auch Biere, sogar alkoholfreie. Das erste alkoholfreie Bier nannte man „Antimille Bier", was sonderbar klingt in der heutigen Zeit. Über sechzig Sorten an Getränken boten wir unseren Kunden an, auch „hohes C" war schon dabei.

Mein Fahrzeug war ein Hanomag L 28, ein 1,75-Tonner mit Pritschenaufbau. Bis zu hundert Kisten konnte ich laden. Es gehörte zu unserer Fahrkunst, in den Kurven keinen Teil unserer Ladung zu verlieren. Das ging aber nicht immer gut. Meine Arbeit als Verkaufsfahrer forderte mir viel Kraft ab; aber wie es denn so tröstend heißt: „Übung macht den Meister".

Mein Leben wurde spannend. Durfte ich doch nun meiner Liebe begegnen, wann immer es uns gefiel. Meine Hannelore war in Büderich-Meerbusch zu Hause. Somit wohnten wir rund 25 Kilometer voneinander entfernt. Es gab zu dieser Zeit nur öffentliche Verkehrsmittel für uns. Nach einem Rendezvous mit meiner Freundin Hannelore brachte ich sie auch mit der K-Bahn, die zwischen Düsseldorf und Krefeld verkehrte, nach Hause. Ich kam dann jeweils sehr spät bei mir zu Hause in Urdenbach an. Früh ging es wieder zu meiner Arbeitsstelle. Zu dieser Zeit war man halt noch Kavalier und beschützte seine Liebste.

Meine Arbeitszeit erstreckte sich bis in die späten Abendstunden. Das war auch samstags meistens der Fall. Wenn wir uns zum Tanzengehen verabredeten, trafen wir uns in der Mitte unseres Weges, am Graf-Adolf-Platz in Düsseldorf.

So kam es schon einmal vor, dass ich mit meinem Sinalco-LKW dort vorfuhr. Dann nahm ich meine Liebste in den Arm und trug dabei noch meine Latzhose. Die Enttäuschung war ihr schon anzusehen. Mir tat es ja auch leid. Hannelore war aber keineswegs böse auf mich und stieg zu mir in mein Dienstfahrzeug ein. Wir fuhren auf den Hof meiner Firma, und nach dem Entladen des Wagens machte ich noch meine Abrechnung. Danach erlebten wir aber dennoch einen schönen Abend miteinander.

Es kam später sehr oft vor, dass wir uns am verabredeten Platz trafen, uns in der schönen Abendstimmung auf eine Bank setzten und ich dann an der Schulter meiner geliebten Freundin einschlief. Ich meinte dann Enttäuschung bei ihr zu spüren. Sie konnte aber meine Müdigkeit wohl einschätzen und hatte jegliches Verständnis; das fand ich großartig von ihr!

Es dauerte nicht lange, da hatte ich auch während meiner Arbeitszeit große Sehnsucht nach Hannelore. Wenn meine Tour es zuließ und ich in der Nähe der Stadtgrenze war, gab ich Gas und hielt erst wieder an, wenn ich an Hannelores Adresse in der Poststraße in Büderich angekommen war.

Dort betrieb Hannelores Mutter Antonie in ihrem elterlichen Haus einen Frisiersalon. Sie war Altmeisterin des Friseurhandwerks. Daher durfte sie auch ihre Tochter, meine Hannelore, zur Friseurin ausbilden. Das war auch schon geschehen. Als ich Hannelore kennen lernte, hatte sie schon ihre Abschlussprüfung als Friseurin bestanden.

Bei meinen Besuchen brachte ich Hannelores Mutter immer einige Flaschen Sinalco-Limonade als Geschenk mit. Diese nahm sie gerne entgegen.

An einem dieser sonnigen Tage stellte mir Hannelore einen Klappliegestuhl hin. Ein Kofferradio spielte dezente Musik, und ein Erfrischungsgetränk war auch schon da. Ich durfte mich nun ausruhen, während meine hübsche Friseurin weiter ihre Kundin bediente. Dabei nutzte sie jede Gelegenheit, mir Gesellschaft zu leisten. Ich musste aber schon bald meine Arbeit fortsetzen. Den Abstecher nach Büderich wiederholte ich, wann immer es mir irgendwie möglich war.

Hannelores Mutter kannte ich ja auch schon vom ersten Tag an, seit sie als alleinerziehende Mutter mit ihrem neunjährigen Sohn Friedhelm und ihrer Tochter den Tagesausflug an die Ahr gemacht hatte. Antonie und Friedhelm hatten mich voll akzeptiert und in ihr Herz geschlossen, das durfte ich jedenfalls annehmen.

Inzwischen waren viele Wochen vergangen. Meine geliebte Freundin wurde von meinen Eltern und Geschwistern herzlich in unsere Familie aufgenommen. Das hatte auch den Vorteil, dass sie schon bald bei uns in Urdenbach übernachten durfte. Dies geschah von Sonntag auf Montag, denn Friseure hatten montags ihren freien Tag. An diesen Montagen legte ich meine Liefertour so, dass sie mich jedes Mal an meinem Zuhause vorbeiführte. Dort erhaschte ich noch schnell einen Blick meiner Liebsten, die dann voller Erwartung an unserer Haustür auf mich wartete, bevor sie wieder nach Büderich heimfuhr.

Die Freude auf unser nächstes Treffen war jedes Mal sehr spannend.

Wir kannten uns nun schon achtzehn Monate.

Das erste eigene Zuhause

Meine Mutter verwaltete ein Mehrfamilienhaus im Zentrum von Düsseldorf-Eller. Diese Immobilie gehörte ihrem Vater, der aber schon sehr alt und pflegebedürftig war. Bislang hatte er in Eller bei einer Bekannten gewohnt. Diese Frau übervorteilte meinen Großvater. Sie nutzte ihn aus, wie man zu sagen pflegte. Dies konnte meine Mutter nicht ertragen, und so nahm sie ihn bei uns auf, und er wurde in unserem Haus in Urdenbach ein Mitglied unserer Familie.

Da meine Mutter Verwalterin seines Hauses in Eller war, wusste sie, dass bald eine Wohnung frei würde.

Zu dieser Zeit heiratete man aus drei Gründen: Erstens – man wollte es; zweitens – es lag eine Schwangerschaft vor; und drittens – es stand eine Wohnung zur Familiengründung in Aussicht. Bei uns kamen der erste und dritte Grund in Frage.

Das waren zunächst Gedanken meiner Mutter. Sie behielt ihre Überlegungen aber nicht lange für sich. Bald schon fragte sie mich: „Wollt ihr nicht heiraten?" Die Voraussetzungen seien doch gar nicht schlecht; es würde bald in Opas Haus in Eller eine kleine Wohnung frei. „Ihr beiden seid doch offensichtlich füreinander bestimmt!" Ja, Mütter wissen immer, was für ihre Söhne gut ist.

Danach setzten sich in meinem Kopf viele kleine Rädchen in Bewegung. Der Rat der liebenden Mutter an ihren Benjamin gefiel ihm außerordentlich gut!

Einige Monate zurückschauend, als Hannelore schon wie selbstverständlich bei uns in Urdenbach übernachtete, da war ihr Nachtlager ein Sofa in unserer Küche. Da meine Mutter unbedingt darauf achten wollte, dass wir beiden uns nicht zu früh nahekommen, fiel ihr immer ein Vorwand ein, warum sie noch einmal in die Küche kommen musste. Meistens ging es dabei um eine Medizin für meinen Vater, die sie hier bei uns im Raum suchte. Für ihre Überraschungsauftritte hatte sie jedes Mal gute Ausreden parat.

Aber das war schon okay so.

Nun, eines Abends, wir waren schon beide in unserem Nachtgewand, da kniete ich überraschend vor meiner Angebeteten nieder, um ihr einen Heiratsantrag zu machen. Das war sicherlich nicht sehr romantisch, zeigte aber Wirkung, denn zunächst einmal flossen bei meiner Liebsten die Tränen. Aber dann umarmte sie mich so was von eng, dass es mir dabei sehr warm ums Herz wurde!

Das „Ja, ich will" brauchte sie gar nicht auszusprechen. Alles andere war sehr eindeutig. Sie sagte es aber letztlich doch!

Noch kein Meister vom Himmel gefallen

Da ich gerade einmal zwanzig Lenze zählte, fehlte mir das handwerkliche Können, um die künftige Wohnung selbst bezugsfertig herzurichten. Zu unserem Glück gab es Joachim, den Ehemann meiner jüngeren Schwester Anna. Er war Elektriker von Beruf und ein tüchtiger und vielseitiger Handwerker. Joachim erklärte sich bereit, uns in jeglicher Weise zur Seite zu stehen. Es stellte sich heraus, dass er uns diesen Freundschaftsdienst sehr selbstlos leistete. Durch ihn lernte ich, mir diese und jene handwerklichen Kniffe und Fähigkeiten anzueignen.

Auch mein lieber Vater brachte sein Können ein. Da ging es zum Beispiel um einen schweren Keramikwaschtisch. Dieser musste sehr sicher in unserer Küche verbaut werden. Diese Leistung erbrachte Vater mit großer Sorgfalt.

An dieser Stelle möchte ich einmal in die Zukunft vorgreifen. Als uns im zweiten Jahr unserer Ehe eine Tochter geschenkt wurde, diente dieser Waschtisch in unserer Küche auch als ihre Babybadewanne.

Wir planten unsere Hochzeit so, dass unsere Wohnung zeitgleich bezugsfertig sein würde. Dieses Datum stand bald fest und wir behielten es bei: Am 12. November 1960 ließen wir uns trauen. Am Vortag gab es einen deftigen Polterabend mit allem, was dazu gehörte. Nach dem ausgiebigen Polterabend, den wir in Büderich feierten, war uns allen der Kopf schwer. Unsere Hochzeit wurde dennoch zu einem der schönsten Tage in unserem Leben.

Die Vorgeschichte sollte ich nicht auslassen, denn zuvor schon hatten meine Hannelore und ich unsere Verlobung geplant und ganz geheim vollendet. Dazu waren wir in den damaligen Burggrafen eingekehrt, eine Kellergaststube in der Düsseldorfer Altstadt, wo wir eine gemütliche Nische fanden. Mit Kerzenlicht und Blümchen ausgestattet, wirkte sie auf uns romantisch.

Unerwartet bat ein junges Mädel darum, bei uns Platz nehmen zu dürfen. Was konnten wir schon machen? Hannelore kannte sie, was ich schnell begriff. Sie stammte ebenfalls aus Büderich. Bei uns beiden trat Ernüchterung ein im Sinne unseres Vorhabens! Mein Schatz signalisierte mir, dass dieses Mädel nicht gerade eine Freundin von ihr war. Unter einem vorgeschobenen Grund verabschiedeten wir uns höflich von ihr und verließen die Gaststube.

Draußen nahmen wir uns in den Arm und bewegten uns Richtung Rhein. Am Ufer unter einer Rheinbrücke nahmen wir Platz. Dort sollte nun unverzüglich unsere Verlobungszeremonie erfolgen. Das Wetter war nicht schlecht, es war aber auch nicht gerade warm. So tauschten wir die Verlobungsringe, eine Art Freundschaftsringe, aus. Wir küssten uns inniglich und drückten uns ganz fest aneinander. Verlobung geglückt!

Als wir danach bei mir in Urdenbach ankamen, staunten wir nicht schlecht. Meine Eltern saßen mit Hannelores Mutter im Wohnzimmer und feierten unsere Verlobung.

Da hatten die sogenannten Buschtrommeln also hervorragend funktioniert. Das kam überraschend für Hannelore und mich, war einmalig und schon sehr bemerkenswert, gefiel uns aber gut.

Unserer weiteren gemeinsamen Zukunftsplanung stand nun nichts mehr im Wege.

Damit rückte unsere Hochzeit unaufhaltsam näher. Es gab insgesamt viel zu beachten und zu tun.

Einen Tag vor unserem Polterabend in Büderich lieh ich mir bei meinem Arbeitgeber einen kleinen Transporter aus, um die Aussteuer meiner Braut von Büderich zu unserer Wohnung in Düsseldorf-Eller, Am Krahnap, zu transportieren. Auf der Friedrichstraße in Düsseldorf wurde ich von einer Streife per Polizeikelle bei einer Verkehrskontrolle angehalten. Ich sollte die Zulassung vorweisen, die man heute „Zulassungsbescheinigung Teil I" nennt, aber ich suchte sie vergebens. Plötzlich fiel mir ein, dass ich die gesamten Papiere in Büderich zurückgelassen hatte. Das war mir peinlich!

Ich erklärte den Beamten, in welch einer Lage ich mich gerade befände. Die Polizisten nahmen meine Personalien auf und zeigten Mitgefühl meiner Situation gegenüber. „Wenn sie morgen bis 10 Uhr im Polizeipräsidium Düsseldorf ihre Papiere vorlegen, sehen wir von einer Anzeige ab", sagte einer der Beamten.

Am nächsten Tag erschien ich weisungsgemäß mit den erforderlichen Papieren im Polizeipräsidium. Ich war dankbar für diese einfache Lösung und fühlte mich sichtlich erleichtert. Ich war so froh und konnte mich wieder auf die folgenden beiden wichtigen Tage konzentrieren.

Der Tag unserer Heirat stand an. Meine gute Schwiegermutter hatte ihren Frisiersalon mit einigen Helfern in einen Hochzeitssalon umgestaltet. Alles war feierlich geschmückt.

Unser schönster Tag

Der 12. November 1960 war ein Wintertag.

Die Hochzeit begann im Standesamt zu Büderich; feierlich aber sehr förmlich. Wenig später folgte dann die kirchliche Trauung. Wir wurden in der katholischen Kirche St. Mauritius in Büderich getraut. Nachdem wir uns als Bräutigam und Braut eingekleidet hatten, führten mich zwei junge Frauen, Irmgard und Irma, in die Kirche bis zum Altar, vorbei an allen Hochzeitsgästen, Nachbarn und anderen Kirchenbesuchern. Gleich nach mir wurde auch meine Braut von den beiden jungen Männern Josef und Winfried zum Altar geführt.

Wir schauten uns mit unseren von Glück erfüllten Augen an. Meine Braut ganz in Weiß gekleidet, mit einem Krönchen versehen, den Brautstrauß in ihrer Hand, sah zauberhaft aus.

Nun wurden wir vor unserem lieben Gott miteinander vermählt. Eine für uns beide einmalige Zeremonie! Wir verließen den Altar und waren nun ein Ehepaar.

Nach und nach trafen unsere Gäste im Hochzeitssalon ein, der sich sehr rasch füllte. Die Gratulanten überhäuften uns mit Geschenken. Wir erlebten ein schönes Fest voller Harmonie. Es war *unser* Fest.

Dieser Tag verging in Windeseile. Es war wirklich ein schöner, wenn nicht gar der schönste Tag in unserem Leben.

Nach dem Ende der Feier traten wir die erste gemeinsame Fahrt als frisch vermähltes Ehepaar von

Büderich nach Eller an – zu unserer eigenen Wohnung. Spannung lag für uns in der Luft.

Unsere Wohnung hatten wir uns nach unseren bescheidenen finanziellen Möglichkeiten eingerichtet. Die Einrichtungsgegenstände waren dennoch für uns beide von großem Wert. Unsere Küche erhielt Schwedenmöbel. Die waren mit Resopal beschichtet und in den zarten Pastellfarben Gelb, Rosa und Blau gefertigt. Tisch und Stühle waren von gleicher Art, aber eine sehr einfache Ausführung.

Unser Wohnzimmer hatte süße Rokoko-Sessel, einen nierenförmigen Nebentisch sowie eine entsprechende Stehlampe. Diese Teile könnten aus der Zeit des Art déco stammen. Der Wohnzimmertisch war höhenverstellbar. Das Sofa dahinter war zugleich unser Bett. Zur Nacht wurde es ausgeklappt und zum Bett umfunktioniert. Dieses Sofa wurde uns als „anderthalb-schläfriges" Möbel verkauft. Für uns, so die spätere Erfahrung, war dieses sogenannte Bett groß genug.

Nach der Trauung stand ja nun eine Hochzeitsnacht bevor.

Meine Schwester Anna und ihr Ehemann, unser treuer und fleißiger Handwerker Joachim, hatten unser Schlafgemach freundlicherweise für uns vorbereitet. Das war jedoch keine gute Tat, wie wir es zuerst glaubten; hatten sie doch unser Bett so präpariert, dass die Vorfreude auf unser erstes gemeinsames Bett uns einen Schreckmoment bescherte, denn wir mussten erst einmal Besen, Kehrschaufel, Handfeger sowie eine Wurzelbürste entfernten – die Symbole des neuen Hausstandes! Danach empfanden wir beiden frisch Vermählten nur Glück.

Eine negative Begleiterscheinung unserer Hochzeit muss ich noch beschreiben. Ein Fotofachgeschäft in Düsseldorf hatte uns einen Fotografen zur Verfügung gestellt. Diesem gelangen schöne Aufnahmen von unserer Hochzeitszeremonie. Am zweiten Tag unserer Feier luden wir noch Nachbarn in unseren Salon ein. Der Fotograf besuchte uns, um uns seine Aufnahmen zu zeigen und unsere Bestellung aufzunehmen.

Einige Tage später wollte Hannelore wie vereinbart diese Fotos abholen. Doch im Fotoladen wurden unsere Hochzeitsfotos trotz einiger Suchaktionen nicht gefunden. Auf mysteriöse Weise waren sie für immer verschwunden. Für den Fotografen nur ein blamabler Akt, aber für uns ein großer Verlust!

Zum Glück hatte auch einer unserer Gäste fleißig fotografiert. Durch ihn erhielten wir dann wenigstens ein paar Fotos. Diese waren bei weitem nicht vergleichbar mit professionellen Aufnahmen, aber zumindest diese konnten wir in ein Erinnerungsalbum kleben. In unseren Köpfen wird dieses großartige Erlebnis jedoch auch ohne die bestellten Fotos für immer Bestand haben.

Liebe löst alle Alltagssorgen

Unsere Wohnung war bescheidene 24 Quadratmeter groß. Das sollte sich nach vier Jahren noch zu unseren Gunsten ändern. Hierauf komme ich später zurück.

Ein ängstliches Gefühl trug ich in mir. Es machte mir Sorgen, dass wir von nun an einen Haushalt in eigener Verantwortlichkeit führten. Wie schaffen wir es, dies zu schultern?

Unser gemeinsames Einkommen war sehr gering. Hannelore half ihrer Mutter im Friseurgeschäft. Sie verdiente damals nicht mehr als ein Taschengeld. Mein Einkommen setzte sich zusammen aus einem sogenannten Fixum; zusätzlich gab es für jeden verkauften Kasten mit Getränken verschiedenster Art fünfzehn Pfennige.

Das Gesamteinkommen reichte die erste Zeit eigentlich gar nicht. Hannelore und ich bekamen von unseren Kunden hier und da auch ein Trinkgeld bei der Ausübung unseres Berufes. Das Geld legten wir abends auf unseren Tisch. Wir freuten uns jedes Mal über diese zusätzlichen Beträge. Am nächsten Tag bezahlte Hannelore damit die notwendigen Lebensmitteleinkäufe.

So kamen wir irgendwie über die Runden. Es war uns sehr wichtig, auf eigenen Füßen stehen zu können. Meine Ehegattin wirtschaftete vorbildlich. Sie war und ist stets kreativ. Ihre Mutter war eine gute Lehrmeisterin, die ihre Tochter sehr gut auf das Erwachsensein vorbereitet hatte.

Hannelore war immer schon sparsam. Dennoch bekochte sie uns alle umfangreich, schmackhaft und verfolgte jeweils das Ziel, uns gesund zu ernähren. Sie ist sehr talentiert, kostengünstige Mahlzeiten zuzubereiten. Bis heute begeistert sie mich kulinarisch – und weit darüber hinaus – immer wieder aufs Neue!

Meiner Tätigkeit im Getränkevertrieb ging ich gerne nach. Ich genoss dort ein gewisses Ansehen und pflegte ein gutes Verhältnis zu meinen Kollegen. Krankenversichert war ich bei der DAK, der Deutschen Angestellten Krankenkasse. Das erwähne ich, weil ich dort monatlich meinen Beitrag persönlich einzahlen musste.

An einem dieser Einzahltage vergaß ich leider beim Umkleiden, 100 DM an mich zu nehmen, die sich noch in der Jackentasche im Umkleideraum befanden. Als ich es bemerkte, eilte ich zu meinem Betrieb zurück, um dieses Geld zu holen. Vergeblich! Leider war der Betrag schon entwendet. Eine negative Erfahrung machte ich in dieser Situation. Ich hatte sofort einen bestimmten Kollegen im Verdacht. Ich konnte es jedoch nie wirklich beweisen. Dennoch wurde dieser verdächtige Mitarbeiter im Laufe der Zeit ein kollegialer Freund. Unter dem Motto „Die Zeit heilt alle Wunden" sagte ich mir: Schwamm drüber. Das Schicksal geht manchmal sonderbare Wege.

Unser Eheglück, das Leben in Zweisamkeit, verlief recht gut. Ich war stolz, diese hübsche Frau mein Eigen nennen zu dürfen. Eines Tages verhielt sie sich sonderbar. Es musste etwas passiert sein. Auf meine besorgte Frage hin antwortete sie: „Es ist etwas, das auch dich angeht; ich bin schwanger!" Ich musste diese tolle Neuigkeit erst einmal begreifen. Dachte ich doch, ich könnte kein Kind zeugen – warum auch immer? Wir streckten uns unsere Arme entgegen und drückten uns, aber dieses Mal mit großer Vorsicht!

Nun freuten wir uns beide. Bald schon würden wir eine kleine Familie sein. Hannelore nahm bald schon mächtig an Form und Gewicht zu. Es würde ein großes Baby oder gar Zwillinge, dachte ich.

Die folgenden Wochen verliefen sehr spannend und mit großer Erwartung. Vorsorglich kauften wir schon einiges für unser Baby ein. Wir machten uns schon viele Gedanken um unser künftiges Kind.

Der Tag der Niederkunft rückte immer näher! Am 7. Juli 1962 war es dann soweit. Meine Frau brachte unser Baby zur Welt. Es war für sie keine leichte Geburt. Wir bekamen eine Tochter! Sie wog 3.400 Gramm und war schon 51 cm groß. Glücklicherweise hieß es schon bald: „Mutter und Kind sind wohlauf".

Als ich voller Aufregung endlich in der Geburtsstation des Krankenhauses ankam, dauerte es nur kurze Zeit, bis ich unser Kind zu Gesicht bekam. Hinter einer Glasscheibe zeigte mir eine Krankenschwester unser Baby. Ich war entzückt und glücklich. Ich dachte so bei mir: Es ist deine Tochter! Meine Hannelore, die junge Mutter, durfte ich erst am nächsten Tag besuchen.

Die Geburt meiner Tochter feierte ich spontan in der Nähe meines Elternhauses, in der Gaststätte Rittel, mit meiner Schwägerin Hannchen und meinem Bruder Heinz. Da wir in diesem Lokal Nachbarn und sonstige Bekannte vermuten mussten, beschlossen wir drei, dieses Ereignis diskret zu feiern. Unsere

Feier fand dann so „diskret" statt, dass das gesamte Lokal auf meinem Bierdeckel mitfeierte.

Als ich zu Hause bei meiner Mutter beschwippst ankam, wurde mir klar, dass wir sie hätten mitfeiern lassen müssen! Sie war doch auch Oma geworden. Ähnlich wie ich hatte sie die Wartezeit auf unser Kind, auf ihr Enkelkind, erdulden müssen! Sie war deswegen auch sehr traurig. Mein Fehlverhalten kann ich mir bis heute nicht verzeihen.

Am nächsten Tag besuchte ich mit einem großen Strauß Baccara-Rosen in meiner Hand in aller Früh meine Hannelore. Sie strahlte mich mit glücklichen Augen an. Ich überreichte ihr die Rosen und bat sie, mich auf ihr Wochenbett setzen zu dürfe, mein Kopf sei noch so schwer. Wir umarmten und beglückwünschten uns von ganzem Herzen.

Nun stand die Frage an, wie unsere Tochter denn heißen sollte. Ich schlug „Silvia" vor. Hannelore äußerte dann ihren Wunsch, unserem Kind den Namen „Melinda" zu geben. „Wie kommst du auf diesen Namen?", fragte ich sie. Sie antwortete: „Den habe ich gehört, als man im Radio eine spanische Sängerin ansagte." Ich begeisterte mich sofort für diesen Namen. „Der gefällt mir auch", antwortete ich ihr. Also sollte unser Baby Melinda heißen. Als ihren zweiten Vornamen schlug ich Silvia vor. „Damit bin ich einverstanden", so Hannelore.

Dann kam eine Krankenschwester herein. Sie hielt unsere Tochter im Arm und reichte sie an Hannelore weiter. Bald darauf durfte auch ich sie nehmen. Sorgfältig hielt ich mit der freien Hand ihr Köpfchen. Welch ein süßes Geschöpf!, dachte ich. Noch nie hatte ich etwas Vergleichbares in meinen Armen gehalten.

Nach Melindas Geburt dachte ich über unsere Wohnsituation nach. Ein paar Tage später sprach ich mit meiner Frau und meinem Schwager Joachim darüber. Melinda müsse baldmöglich einen geeigneten Schlafplatz für sich haben, war mein Argument. Ich stellte mir vor, wie unsere Küche verändert werden könnte. Mein Vorschlag: Zuerst sollten wir als Wohnungseingang eine kleine Diele errichten. Oberhalb dieser Diele könnte man einen Hohlraum gewinnen, und an ihrem Ende entstünde eine Kochnische. Von dort aus wäre der Hohlraum erreichbar und könnte als Ablage für Kochtöpfe und Schüsseln genutzt werden. In der Verlängerung der Kochnische würden wir einen Durchgang offen halten und eine Leichtbauwand aus Spanholz setzen. Der hierdurch gewonnene Raum wäre dann die Schlafecke für unsere Tochter.

Meine Hannelore und Schwager Joachim waren von meiner Idee sehr angetan und stimmten zu. Diesen Plan wollten wir so bald wie möglich realisieren. Das mit den beiden zu schaffen, machte mir keine Sorge. Den Einwand, unsere Küche hätte nur eine Grundfläche von 13 Quadratmetern und würde dann sehr klein, nahm ich in Kauf, denn das war mir ja auch klar. Meine Hannelore und ich sprachen wie aus einem Mund: „Raum ist in der kleinsten Hütte"! Unsere künftige Küche würde groß genug für uns sein. Die Toilette befand sich im Treppenhaus, beanspruchte also keinen Raum in unserer Wohnung. Dieses WC wurde auch von unseren Nachbarn, welche vis-à-vis wohnten, benutzt.

In den folgenden Monaten zogen wir den Umbau durch. Ein neues angenehmes Wohngefühl kam bei uns beiden auf. Wohnen auf engstem Raum, das war damals üblich.

Das Jahr 1964 bringt viel Neues

Im Spätsommer des Jahres 1963 dachte ich sehr gründlich über meine berufliche Zukunft nach. In der Getränkebranche sah ich für mich keine Möglichkeit eines beruflichen Aufstiegs. Ein Wechsel wäre dringend vonnöten! Dabei kam mir die Firma Henkel in Düsseldorf-Holthausen in den Sinn. In den nächsten Tagen suchte ich dort die Personalabteilung auf und bewarb mich um eine Anstellung.

Man stellte mir einige Fragen. Eine besondere Qualifikation als Voraussetzung für meine Anstellung besaß ich nicht. Man war jedoch sehr bemüht, mir irgendwie zu helfen. Leider fanden sie keinerlei Verwendung für mich, was ich schließlich auch einsah.

Bald schon suchte ich die Stadtwerke in Düsseldorf auf. In deren Personalabteilung nachgefragt, riet man mir, mich in ihrer Vermessungsabteilung einmal vorzustellen, denn diese suche Messgehilfen. Ich folgte dankbar ihrem Rat.

Dort angekommen, schickte man mich sogleich zu Herrn Bongarz, einem Vermessungsingenieur, der mich freundlich empfing. Er hatte sofort einige Fragen parat. Nach einiger Zeit sagte er, dass er mich als Messgehilfen einstellen würde. Er riet mir, während der Probezeit „mit den Augen zu stehlen". Was er damit meinte, verstand ich sofort. Schließlich hatte ich ja keine Ahnung von der Vermessung. „Also reichen Sie Ihre schriftliche Bewerbung mit Lebenslauf ein, dann wird man sehen."

Am Abend, als ich von meiner Arbeit nach Hause kam, erzählte ich Hannelore von dem, was ich unternommen hatte und dass ich wahrscheinlich bei den Stadtwerken erfolgreich war.

Ich reichte also dort kurzfristig meine Bewerbung ein. Nach wenigen Wochen kam ein Brief von den Stadtwerken. Die Post fiel positiv aus. Der Umschlag enthielt eine Einstellungszusage mit einer dreimonatigen Probezeit.

Arbeitsbeginn war der 2. Januar 1964.

Wie sehr freute ich mich, freute sich meine Frau über die Zusage der Stadtwerke. Die vorgegebene Kündigungsfrist bei meiner bisherigen Firma R.A. Hischer hielt ich selbstverständlich ein. Man akzeptierte meine Entscheidung, ließ mich aber nicht gerne gehen. Darauf könnte ich mir eigentlich etwas einbilden. Mein Entschluss stand jedoch wieder einmal fest!

Angstgefühle, auch hier den richtigen Schritt zu tun, begleiteten mich andauernd. Der Jahreswechsel rückte unaufhaltsam näher. Mein Herzklopfen war gelegentlich stärker als üblich.

Dann kam schon der Silvesterabend. Wie jedes Jahr feierten wir gemeinsam mit unseren Freunden. Aber ich war dieses Mal gar nicht so locker wie üblich. Meine Gedanken führten mich immer wieder zu meinem neuen Arbeitsfeld. Ob das wohl das Richtige für mich sein würde?

Am 2. Januar 1964 erschien ich pünktlich bei meinem künftigen Arbeitgeber. Überwältigend, all die neuen Eindrücke! Diese vermischten sich aber auch mit Sorge. Schließlich war ich mir der Verantwortung meiner jungen Familie gegenüber bewusst.

Sehr erfreulich war, dass mich die Stadtwerke Düsseldorf nach meiner Probezeit übernahmen. Damit war ich fest angestellt. Welch ein Glück, abermals!

Mehr Raum zum Wohnen

Das Jahr 1964 hatte es auch sonst in sich, denn es wurde sehr ereignisreich! Meine Mutter machte uns Hoffnung, bald ein drittes Zimmer zu unserer Wohnung erhalten zu können. Da sie Opas Haus in Eller verwaltete, war sie immer die erste, die von Veränderungen im Haus erfuhr. Das besagte Zimmer hatte früher zu unserer jetzigen Wohneinheit gehört. Der Vormieter behielt es seinerzeit als Notwohnsitz, da er fast immer beruflich unterwegs war.

Nun hatte er diesen Raum also gekündigt. Wir warteten nicht lange mit der Planung, wie wir dieses dritte Zimmer unserer Wohnung nutzen würden. Für uns war es keine Frage, dass es unser Schlafzimmer würde.

Die Deckenhöhe unserer Wohnung maß 4,20 Meter, so auch unser zusätzlicher neuer Raum. Um eine gewisse Behaglichkeit zu erzielen, musste ich etwas ändern. Die Lösung hierzu hatte ich sogleich parat: Ich montierte eine Balkenlage zum Einziehen einer Zwischendecke. Im Handel bot man unter verschiedenen Holzarten auch Profilholzbretter an. Beim Kauf entschieden wir uns für Zedernholz. Dieses Holz verbreitete einen angenehmen Duft.

Die Montage und Fertigstellung der Holzdecke ging mir leicht von der Hand, und die Arbeit machte mir Spaß. Im Ergebnis hatten wir nur noch eine Deckenhöhe von 2,35 Metern.

Schon sehr zeitig bestellten wir beim Möbelhaus Busch in Düsseldorf unsere Schlafzimmermöbel, gefertigt in weißem Schleiflack, verziert mit braunen

Ornamenten. Bald nachdem unser Schlafraum gut hergerichtet war, hielt auch schon der Möbelwagen vor unserem Haus, und die Herren der Firma Busch montierten alle gelieferten Möbel in Windeseile.

Später brachten Joachim und ich noch zwei Glasleuchten an. Die Anschlusskabel für die Leuchten hatten wir in der Holzdecke vorinstalliert. Diese Montage erfolgte mit geringem Abstand zu den Nachttischschränkchen. Das Licht konnten wir nun sowohl von der Tür her als auch in Nachttischnähe schalten. Zur bequemen Handhabung von Schaltern und sonstigen Elektrogeräten trug ich schon sehr zeitig Sorge.

Ein weiteres Ereignis des Jahres war der plötzliche Krankheitsfall bei einem uns sehr gut bekannten Rentnerehepaar, die uns deshalb ihre Urlaubstickets zu einem sehr günstigen Preis überließen. Es ging hierbei um eine Reise von zehn Tagen nach Riccione bei Rimini in Italien. Wir gönnten uns diese Reise und sahen sie als unsere verspätete Hochzeitsreise. Mit einem Reisebus fuhren wir zunächst nach Innsbruck. Dort hatten wir eine Übernachtung. Dann brachte uns ein italienischer Bus über den Brenner an unser Ziel.

Nach einem wunderschönen, für uns traumhaften Urlaub wurden wir braungebrannt und wohlbehalten wieder über Innsbruck nach Hause gebracht.

Um unser Kind hatte sich während unserer zehntägigen Abwesenheit Oma Antonie in Büderich gekümmert. Melindas Laufstall stand im Frisiersalon, wo die Oma ihre Kundinnen bediente. Für die Kundschaft war das ganz nebenbei auch noch sehr unterhaltsam. Zusätzlich reiste meine Mutter, für Melinda

Oma Leni, einige Male nach Büderich, um Oma Toni, wie wir alle sie nannten, zu unterstützen.

Wieder zu Hause in Eller, machten wir uns auf den Weg, um unsere Tochter abzuholen. Die Wiedersehensfreude war groß. Es war uns außerdem sehr wichtig, Oma Toni so schnell wie möglich wieder zu entlasten. Nach kurzer Zeit war unsere kleine Familie also wieder vereint.

Schon Anfang Juni 1964 stand für mich noch eine Busreise an. Diesmal sollte es vier Tage nach Luzern in der Schweiz gehen. Dort fanden die Harmonika-Weltfestspiele statt.

Damals gehörte ich dem Mundharmonika-Orchester Hohnerfreunde 1953 Düsseldorf an. Wir nahmen an diesem Wettkampf teil. Die Weltfestspiele waren ein Highlight für Mundharmonikaspieler aus aller Welt. Dem Orchester der Hohnerfreunde 1953 war ich schon als Vierzehnjähriger beigetreten.

Nach dieser Reise trat ich schon am Folgetag wieder meinen Dienst bei den Stadtwerken an. Gegen Abend holte mich meine Frau von der Haltestelle der Straßenbahn ab. Sie sah traurig aus, als müsste sie mir eine schlimme Nachricht überbringen! Ich fragte sie, ob mit Melinda etwas geschehen sei. Aber Hannelore beruhigte mich und sagte: „Nein, mit ihr ist alles in Ordnung." Ich war erleichtert.

Dann aber teilte sie mir mit, dass mein Vater an seinem Urlaubsort verstorben war. Ich brach fürchterlich in Tränen aus und legte meinen Kopf auf ihre Schulter.

Meine Eltern hatten zusammen mit Freunden Urlaub in Österreich gemacht und waren mit deren Wagen dorthin gereist. In Tulfes, einem bekannten

Urlaubsort in Tirol nahe Innsbruck, hatten sie viele Ausflüge geplant. Für meine Eltern war dies die erste Urlaubsreise nach vierzig Ehejahren.

Am ersten Tag unternahmen sie eine Bergwanderung. Das war für meinen Vater verhängnisvoll. In der Nacht nach dieser Wanderung erlitt er einen schweren Herzinfarkt, woran er dann auch verstarb.

Zu wissen, dass meine Mutter allein mit dem Zug nach Hause reisen musste, während ihr Mann im Zinksarg per Leichenwagen zu ihr nach Hause überführt wurde, schmerzte mich arg. Ich benötigte lange Zeit zu akzeptieren, dass ich meinen Vater verloren hatte.

Neue Perspektiven...

Als Messgehilfe machte ich gute Fortschritte und erhielt schon bald die Chance, eine monatliche Zulage in Höhe von 30 DM zu bekommen. Es gab in unserer Abteilung sechs Kleinbusse, ausgestattet mit einer durchgehenden Sitzbank für bis zu drei Beifahrern und einem Raum für Vermessungsgerätschaften.

Ich musste eine Prüfung ablegen, um berechtigt zu sein, eines dieser Dienstfahrzeuge zu steuern. Ich bestand diese Prüfung!

Nach kurzer Zeit wurde mir eines dieser Fahrzeuge anvertraut. Dieses zu steuern und zu pflegen, war eine meiner Aufgaben. Eine weitere bestand darin, die Gerätschaften zu verwalten und auf deren Vollständigkeit zu achten.

Hierdurch konnte ich mein Gehalt aufbessern.

Im zweiten Jahr der Beschäftigung bei den Stadtwerken erhielten ich und ein weiterer Kollege die Möglichkeit der innerbetrieblichen Weiterbildung. Wir leisteten nach Dienstende zeichnerische Übungen. Anweisungen hierzu erhielten wir durch Herrn Ingenieur Herpers, seines Zeichens Berufsschullehrer, der aber gleichzeitig auch festangestellter Vermessungsingenieur der Stadtwerke Düsseldorf war.

Nach einiger Zeit unserer Schulung ließ man uns wissen, dass wir das Talent zum Zeichner besäßen, worüber wir uns sehr freuten. Die Vermessungsabteilung, der wir angehörten, hatte Mangel an kartografischen Zeichnern. Durch die Weiterbildung war uns die Chance gegeben, dort integriert zu werden.

Nach weiteren Anstrengungen erreichten wir beiden Messgehilfen das von uns angestrebte Ziel, künftig als kartografische Zeichner zu arbeiten. In der Mitte unserer Fortbildung wurden wir allmählich schon produktiv eingesetzt. Nach Beendigung der Ausbildung durften wir uns Technische Angestellte nennen. Dadurch erreichten wir auf jeden Fall auch eine finanzielle Verbesserung.

Zu Hause auf der Petersstraße lebten nach dem Tod unseres Vaters weiter meine Mutter zusammen mit ihrem Sohn Heinz, seiner Frau Hannchen und den Kindern Bärbel und Jürgen. Mama und Heinz verstanden sich nicht immer gut. Ich kannte die Gründe dafür nicht.

Aber so etwas soll es ja in den besten Familien geben. Mein Bruder war beruflich sehr gefordert. Er arbeitete zu dieser Zeit bei der Firma Hettlage, einem Textilkaufhaus in Neuss. Er war dort Hausinspektor, ähnlich einem Ingenieur. Man übertrug ihm die Leitung eines größeren Umbauvorhabens. Seine Arbeitszeit dauerte von frühmorgens bis spätabends. Auch an Samstagen hatte er kaum Freizeit.

Deswegen musste seine Frau Hannchen neben der Hausarbeit zusätzlich stellvertretend den Garten pflegen sowie im Haus kleine Malerarbeiten und Reparaturen ausführen. Ein Umzug nach Neuss würde helfen, diese Probleme lösen. Deshalb richteten sie ihre Planung darauf aus. Schon bald fanden sie eine für sie geeignete Wohnung. 1966 kam der Zeitpunkt, da sie nach Neuss zogen.

Unsere Mutter wohnte schon einige Zeit alleine im Haus, als sie Hannelore und mich kontaktierte und uns sprechen wollte. Es kam kurzfristig zu dem gewünschten Gespräch. Sie sagte, es würde ihr alles zu viel, so alleine im Haus. Dann müsse sie es eben verkaufen! „Oder wollt ihr drei nicht zu mir ziehen?"

Unser Haus wildfremden Menschen zu verkaufen und für immer zu überlassen? Das könnte ich nicht ertragen, dachte ich spontan. Zu Mama und Hannelore sagte ich deshalb, dass ich zu meinem Elternhaus eine ganz besondere Beziehung hätte, wurde ich doch einst darin geboren! Auch mein sehr geschätzter Neffe Jürgen, Sohn von Heinz und Hannchen, sei zwölf Jahre nach mir in diesem Haus zur Welt gekommen.

Dann richtete ich den Blick auf meine Ehefrau. „Könntest du dir vorstellen, unsere von uns liebgewonnene Wohnung in Eller zu verlassen, sie aufzugeben, um hierher zu ziehen?" Sie antwortete: „Aber selbstverständlich, denn für dich und deine Mutter wäre es wohl das Beste."

Hannelores positive Äußerung überraschte uns beide, mich genauso wie Mama. In dieser Frage stellte meine Frau sich selbstlos und wohlwollend dar. Das fand nicht nur ich großartig!

Nun, wir hatten in unsere Wohnung in Eller viel Geld investiert. Es war uns nicht möglich gewesen, finanzielle Rücklagen zu bilden. Für uns war es deshalb zum Umziehen eine ungünstige Zeit, denn dazu benötigte man einiges an Kapital.

Wir entschieden uns trotz allem, zu meiner Mutter zu ziehen, und leiteten alles so in die Wege, dass wir am 27. Februar 1967 umziehen konnten.

Unser Umzugswagen war total ausgelastet. Nur Hannelore und Melinda erhielten noch einen Platz im Führerhaus. Das hatte zur Folge, dass ich mit meinem Fahrrad hinterherfahren musste. Den Käfig mit unserem Kanarienvogel Koki befestigte ich auf dem Fahrradgepäckträger. Koki genoss den Schutz durch meinen Windschatten, denn es war noch winterlich kalt an diesem Tag.

Endlich auf der Petersstraße in unserem künftigen zu Hause angekommen, geriet ich ins Staunen, als ich das Haus betrat. Alle Möbelpacker, auch ihr Chef, saßen gemütlich formiert im Kreis und ließen sich schmecken, was meine Frau ihnen servierte. Sie hatten mit dem Ausladen einfach auf mich und meine Anweisungen gewartet, wohin sie unsere Einrichtungsgegenstände tragen sollten.

...und neue Herausforderungen

Unser Alltagsleben gestaltete sich wieder ganz aufs Neue. In unserer Wohnung sowie im gesamten Haus kam noch viel Arbeit auf uns zu. Nicht nur das, es gab auch einen großen Garten. Dieser befand sich beruhigenderweise noch im Wintermodus. Die gesamte Grundfläche war 816 Quadratmeter groß. Unser Siedlungshaus verfügte über eines der kleinsten Grundstücke in der Umgebung.

Aber wie pflegt man bei großen Herausforderungen zu sagen: „Eins nach dem anderen." Man musste ja auch nichts überstürzen.

Meine Mutter hatte große Freude daran, dass wir nun zu dritt bei ihr lebten. Es war uns klar, dass wir vor vielen neuen Aufgaben standen. Wir lernten mit Dingen umzugehen und uns neue Fähigkeiten anzueignen.

Alles in allem – uns gefiel unser neuer Lebensabschnitt recht gut.

Im August 1967 erfuhr Hannelore durch ihren Gynäkologen, dass sie wieder schwanger sei! Als ich am Abend von der Arbeit nach Hause kam, erzählte sie mir die Neuigkeit. Das war eine große Überraschung! Wir waren beide natürlich überglücklich. Gerechnet hatten wir schon öfter damit, aber jedes Mal blieb es bei negativ.

Unsere Melinda erhielt nach Hannelores mühevollen Anstrengungen doch noch einen Platz im Kindergarten, bevor sie eingeschult wurde. Hannelore hatte schon in Düsseldorf-Eller darum gekämpft. Doch leider ohne den erhofften Erfolg. Nun hatte sie in Urdenbach endlich Glück! Wir waren uns schon lange einig, dass unsere Tochter dringend Erfahrungen mit gleichaltrigen Kindern machen musste.

Als Melinda im Frühjahr 1968 eingeschult wurde, deutete sich ein weiteres schönes Ereignis gut erkennbar an. Melindas Mama trug ein Geschwisterchen unter ihrem Herzen. Die Geburt war „zum April ausgezählt", wie man zu sagen pflegte. Tatsächlich kam am 23. April 1968 unser zweites Kind, Melindas Schwesterchen, zur Welt. Das gesunde Baby und die glückliche Mama zweier Töchter stärkten mein Wohlbefinden.

Wir gaben ihr den Namen „Simone". Damals wusste man nicht selbstverständlich schon vor der Geburt, ob es ein Mädel oder ein Knabe sein würde. Simone oder Simon, diese beiden Vornamen favorisierten wir beide. Einen zweiten Vornamen wollten wir auch jetzt. Ich schlug „Babette" vor. Diesen Namen mochte ich. Hannelore war damit einverstanden. Simone Babette, so sollte sie künftig heißen, unsere süße zweite Tochter.

Nach zwei Jahren des Zusammenlebens mit meiner lieben Mutter bat sie uns um ein wichtiges Gespräch.

„Ihr beiden wohnt nun schon längere Zeit hier mit mir zusammen. Ich bin ganz begeistert, wie ihr mit allen Aufgaben, die euch Haus und Garten stellen, umgeht. Und wir kamen miteinander doch auch sehr gut zurecht, wie ich meine", sagte meine Mutter. „Dieser Meinung sind wir auch", stimmte ich ihr zu. Hannelore pflichtete mir bei.

„Nun, ich will auf den Punkt kommen. Wollt ihr das Haus ganz für euch übernehmen?", fragte meine

Mutter. „Ich sähe es gerne im Besitz meines jüngsten Sohnes."

Dieses Angebot kam für uns sehr überraschend. Ein solcher Gedanke war uns noch gar nicht gekommen! Ich erwiderte: „Mama, ich bin hier der Benjamin, das jüngste deiner Kinder. Käme Heinz nicht eher in Frage?"

„Da brauchst du keine Sorgen zu haben, denn mit ihm habe ich schon darüber gesprochen", antwortete meine Mutter. „Er möchte, dass nur du mit deiner Hannelore es übernimmst."

Dies nahm ich mit großer Freude zur Kenntnis. „Ich möchte das Haus weder an Loni noch an Anna übergeben", so meine Mutter. „Bei Loni wäre auch gar kein Interesse vorhanden. Dass Anna es mit ihrem Mann Joachim übernehmen würde, wäre nicht in meinem Sinne."

Meine Hannelore und ich, wir sagten gerne: „Ja!" Es kam sogar ein gewisser Stolz in uns auf; wären wir doch dann Hausbesitzer. Etwas zeitversetzt sprachen wir mit Heinz, Loni und Anna über dieses Vorhaben. Sie waren alle einhellig mit dem Wunsch unserer Mutter einverstanden.

Bald folgten große Schritte!

Zusammen mit Mutter suchten wir einen Notar auf. Wir hatten mit seiner Kanzlei einen Termin zur Erbauseinandersetzung vereinbart. Mutter merkte noch an: „Ich übergebe das Haus lieber zu meinen Lebzeiten, sozusagen mit warmen Händen." Diese Erbauseinandersetzung setzte voraus, dass wir ein Darlehen aufnehmen mussten, um meine Geschwister auszuzahlen. Es war uns möglich, dieses Geld zu bekommen, da unsere Einkünfte und der Gegenwert der Immobilie der Bank als Sicherheit genügten.

Am 2. Dezember 1969 trafen wir uns alle im Notariat. Wir sechs Beteiligten saßen dem Notar in der Kanzlei gegenüber. Es ging alles reibungslos vonstatten. Alle Formalitäten wurden Punkt für Punkt abgearbeitet. Schon bald unterzeichneten wir sechs diesen Vertrag, und die Sitzung ging zu Ende.

Im Ergebnis wurde jeder angemessen zufriedengestellt. Die glücklichsten jedoch dürften wir, die neuen Hausbesitzer, gewesen sein. „Wir sind jetzt Eigentümer eines Hauses!" Das Grundstück wurde allerdings damals noch nicht unser Eigentum, sondern es blieb Erbpachtgelände.

Erst sechs Jahre später konnten wir von diesen 816 Quadratmetern 621 käuflich erwerben. Im November 1975 wurden wir dann auch Besitzer des Grundes, auf dem unser Haus stand. Die Gelegenheit zum Kauf ergab sich folgendermaßen: In unserer Siedlung mit der Bezeichnung „Urdenbacher Acker" wurde eine Hinterlandbebauung geplant. Aus diesem Anlass konnten die Anlieger in diesem Gebiet einen Teil ihres bisherigen Pachtgeländes käuflich erwerben. Der Preis pro Quadratmeter war für die Erbpächter erschwinglich. Also nutzten wir die Chance zum Kauf.

Das „Vier-Mädel-Haus"

Im Jahr 1969, als unsere Erbauseinandersetzung stattfand, war Hannelore wieder schwanger. Unser drittes Kind sollte im Mai 1970 zur Welt kommen.

Vor Hannelores Niederkunft bemühte sich meine Mutter um eine Wohnung für sich ganz in unserer Nähe. Dieses gelang ihr mit Hilfe einer befreundeten Gemeindeschwester. Sie tat dies aus reiner Liebe zu uns. Wir brauchten doch künftig mehr Platz in unserem Haus, meinte sie. Sie war fest entschlossen, uns mehr Raum zu überlassen. Das fanden wir ganz lieb von ihr. Es gibt in unserer Gesellschaft außergewöhnliche „Persönlichkeiten". Mir war schon lange bewusst, dass meine Mutter eine solche verkörperte!

Ihr Auszug würde aber auch Mutter Vorteile bringen, so fanden wir. Das ist einfach erklärt: Unser Haus bedurfte noch einiger Modernisierungen. Mamas künftige Wohnung dagegen war erst jüngst bezugsfertig geworden.

In dieser Zeit ereilte Hannelore und mich eine weitere große Spannung. Begleitet von meinem Arbeitskollegen Bernhard Schmidt brachte ich sie ins nahegelegene Krankenhaus; es wurde höchste Zeit! Die Geburt unseres dritten Kindes deutete sich an.

Am 24. Mai 1970 gebar Hannelore unsere dritte Tochter. Bemerkenswert war, dass ihre Oma Leni genau vor 66 Jahren auch an diesem Tag auf die Welt gekommen war.

Ich erkundigte mich sogleich nach dem Befinden meiner Frau und wie es dem Kind gehe. Alles sei bestens verlaufen, so eine Krankenschwester oder

Hebamme. Mir war stets bewusst, dass eine Geburt für Mutter und Kind immer riskant war und sein wird. Es fiel mir abermals ein Stein vom Herzen!

Als ich unsere Neugeborene zu Gesicht bekam, staunte ich kurz. Sie hatte üppiges schwarzes Haar. Melinda wie auch Simone kamen blond mit spärlichem Haar zur Welt. Hannelore ist schwarzhaarig; also geschah hier nicht etwa ein Wunder. Unser drittes Töchterlein verzückte mich. Nun wurden wir eine große Familie.

Unsere drei Töchter wurden alle im städtischen Krankenhaus Benrath geboren, nicht weit von unserem Zuhause. Ob unser Neugeborenes ein Junge oder ein Mädchen sein würde, das erfuhren wir, wie damals üblich, abermals erst bei der Entbindung. Süß, auch unser drittes Mädchen.

Endlich durfte ich zu Mutter und Kind. Wir nahmen uns in die Arme und hatten uns nur lieb. Natürlich brachte ich meiner Hannelore einen beachtlichen Strauß tiefroter langstieliger Baccara-Rosen mit.

Rasch einigten wir uns darüber, wie unser neues Familienmitglied denn heißen sollte. Ihr Rufname „Babette", mein Wunsch, war sofort genehmigt. Vorher war es schon klar, dass der zweite Vorname „Apollonia" sein würde, wenn es denn ein Mädchen ist. Tante Loni, vollständiger Name Apollonia, wollte dann gerne Patentante sein. Nun hieß unsere Jüngste also „Babette Apollonia".

Zu Babettes zweitem Vornamen gibt es noch eine kleine Anekdote zu erzählen. Für sie kam eine Zeit, in der sie sich wegen ihres ungewöhnlichen Zweitnamens schämte. Das änderte sich jedoch im jungen

Mädchenalter. Auf einmal fanden Schulkameradinnen wie Freundinnen den Namen Apollonia *cool*!

Unsere drei Töchter entwickelten sich prächtig. Sie sind eine wie die andere bildhübsch und gut erzogen, wofür vor allem ihre Mutter zu loben ist. Das hat sich in den folgenden Jahren auch nicht geändert. Sie bereiteten uns viel Freude. Durch sie wurde unser Leben kolossal bereichert.

Die beiden jüngsten unserer Mädchen erhielten einen Platz im Kindergarten in Düsseldorf-Garath.

Im Jahr 1971 feierten wir die Kommunion unser Ältesten. Es war ein Fest, auf das sich die ganze Familie schon lange freute. Das Wetter an diesem Tag war sonnig, mitunter sehr warm. Melinda, besonders hübsch anzusehen in ihrem weißen Kleid und mit dem Krönchen auf dem Kopf, strahlte vor Glück. Die Kommunionfeier erstreckte sich über zwei Tage. Am ersten waren alle Verwandten anwesend, am nächsten Tag Freunde und Nachbarn.

Melinda führte stets ein schickes kleines Handtäschchen mit sich. Sie ordnete ihre Geldgeschenke dort hinein und hütete die Tasche wie einen Schatz. Wir Eltern begleiteten diese Feier mit Sorgfalt und waren sehr stolz auf unsere Tochter.

Eine kleine lustige Geschichte am Rande der Kommunionfeier: Unser Schwager Joachim machte Filmaufnahmen. Er hatte ein Stativ mitten im Garten positioniert und konnte die darauf montierte Kamera bequem bedienen. Ihm gelang eine amüsante Aufnahme. Unsere Simone, drei Jahre jung, fühlte sich im Garten unbeobachtet und machte Pipi. Als Onkel Joachim, der etwa zehn Meter entfernt war, seine Kamera auf sie richtete, bemerkte Simone das beim Hochziehen des Höschens. Geistesgegenwärtig streckte sie ihr rechtes Händchen schützend vor sich in Joachims Richtung aus und war sich sicher, dass er sie nun nicht mehr filmen konnte!

Kann ein Unfall positive Folgen haben?

Im Februar 1972 wurde für mich ein Krankenhausaufenthalt notwendig. Weswegen, das will ich kurz erklären. Bei meinem Arbeitgeber, den Stadtwerken, waren Überstunden erwünscht. Viele Mitarbeiterinnen und Mitarbeiter verbesserten ihr Gehalt mit diesen verlängerten Arbeitszeiten. Natürlich war ich auch einer von ihnen.

Eines späten Abends beendete ich meine Arbeit, auch ein weiterer Kollege hatte so lange gearbeitet wie ich. Dieser bot mir an, mich in seinem VW-Käfer mitzunehmen. Das Angebot nahm ich dankend an. Allerdings wurde es eine Fahrt auf der Achterbahn. Als Vladimir, mein Kollege und Chauffeur, sein Auto bei mittlerem Tempo in eine Autobahnausfahrt steuerte, übersah er, dass sich auf der Fahrbahn Glätte gebildet hatte. Dadurch kamen wir von der Fahrbahn ab, der Käfer überschlug sich und landete in einer Mulde.

Vladimir konnte unverletzt aus seinem Auto robben. Dann zog er mich vorsichtig aus seinem Wagen. Währenddessen kollabierte ich. Erst im Rettungswagen kam ich wieder zu Bewusstsein.

Nach der Einlieferung in die Unfallambulanz der Universitätsklinik wurde ich schonend, aber gründlich untersucht. Ich hatte mir ein Schleudertrauma zugezogen und eine tiefe Fleischwunde im rechten Oberschenkel. Drei Zähne waren im Oberkiefer zu Bruch gegangen. Zusätzlich waren eine Gehirnerschütterung sowie Prellungen zu beklagen.

Wieder einmal hatte ich großes Glück! Es hätte mich schlimmer treffen können! Und glücklicherweise schritt meine Genesung schnell voran.

Ein Nebeneffekt des Unfalls war, dass ich nach wenigen Wochen von der Versicherung ein Schmerzensgeld auf mein Konto überwiesen bekam. Von diesem Schmerzensgeld kauften wir unser erstes Auto. Der Vorbesitzer des zehn Jahre alten Wagens, ein feiner Herr, übergab mir ein gepflegtes Fahrzeug.

Als Babette gerade mal zwei Jahre alt war, fuhren wir, die ganze Familie, mit unserem ersten eigenen Auto nach Österreich in die Steiermark. Wir planten, dort zwei Wochen Ferien zu machen. Unser PKW, eine wunderschöne Limousine der Marke Ford M17 P4, brachte uns sicher ans Ziel.

Mein Onkel Franz, den ich nur Franz nannte und den ich viele Jahre später betreute, besaß dort ein Haus. Er war mit Johann Fixl, dem „Fixls Hans", befreundet. Dieser war Eigentümer einer Alm. Auf dieser Alm errichtete der Franz mit dem Hans in einer Höhenlage von 1.800 Metern eine Holzhütte. Eigentümer der Hütte war mein Onkel. Dort wohnten wir während dieser zwei Ferienwochen und verbrachten eine schöne, erlebnisreiche Zeit.

Ich machte mich bei Franz beliebt, indem ich im schräg abfallenden Gelände vor der Hütte eine Terrassenfläche herstellte. Talwärts erhielt die Terrasse zur Abgrenzung und Befestigung eine Trockenmauer. Steine zum Mauerbau waren in der näheren Umgebung reichlich vorhanden.

Das Wohnhaus von Franz und seiner Frau Else lag 200 Meter tiefer. Die Garage nutzte Franz nicht für sein Auto, sondern er hatte sich dort eine Schreinerei eingerichtet. Hier greife ich kurz vorweg: Gegen Ende unserer Ferien erstellte mein Onkel noch eine Einfriedung der Terrasse, selbstredend mit abschließbarem Tor. Erst als wir wieder zu Hause waren erfuhren wir, dass Franz seine Terrasse wenige Wochen danach noch mit Sitzmöbeln bestückte. Diese stellte er selber in seiner Schreinerwerkstatt her. Franz hatte es in seinem Leben bis zum Kriminalhauptkommissar gebracht. Das Handwerk des Möbelschreiners hatte er jedoch erlernt, bevor er seine Karriere bei der Polizei begann.

Aber noch sind wir in der Steiermark. Wir befanden uns in den zwei Ferienwochen weit abseits jeglicher Zivilisation. Unsere zweijährige Babette, ihr Kosename „Babsi", führte stets ihr Portemonnaie mit sich. Bei unseren Wanderungen in diesem steilen Gelände glaubte sie, irgendwann einen Kiosk zu finden, um sich mit Süßigkeiten versorgen zu können. Sie begriff aber schnell, dass das hier kaum geschehen würde.

Unterhalb unserer Hütte befand sich eine über vierhundert Jahre alte Berghütte. Unterhalb dieser Hütte gab es wiederum einen Heuschober, der fast bis unters Dach gefüllt war. In dem Schober amüsierten sich unsere drei Mädel köstlich, jeden Tag aufs Neue.

Eines Morgens in aller Frühe begaben wir uns zur Grazer Hütte. Von dort aus wollten wir zur Spitze des Berges Preber. Unsere Töchter kraxelten tapfer mit. Nach einigen Stunden erreichten wir fünf das Gipfelkreuz. Dieser Berg hat eine Höhe von 2.741 Metern. Der Bergkamm war sehr schmal. Hannelore und ich stellten fest, dass wir nicht nur ehrgeizig, sondern auch sehr leichtsinnig waren. Das sollte niemals wieder vorkommen, gelobten wir uns gegenseitig! Bis zum Ende unserer Ferien hatten wir noch einige schöne Erlebnisse, und nach einer angenehmen Rückfahrt waren wir wieder daheim.

Das Leben verlangt Improvisationskunst

Unser erstes Auto konnten wir nicht behalten, da uns die Finanzierung der Haltungskosten als nicht realisierbar erschien. Deshalb verkauften wir es bereits nach einem Jahr wieder. Aber verreisen mit unseren Kindern, darauf wollten wir auch künftig nicht verzichten. Hierzu war Improvisation gefragt.

Schon im nächsten Sommer verreisten wir erneut während der Sommerferien. Unser lieber Nachbar, Herr Wehrmann, besaß einen bequemen Citroen ID 21 und brachte uns damit an die Nordsee in Holland. Vorher besorgten wir uns bei meinem Arbeitskollegen Bernhard Schmid ein Hauszelt.

In Holland verbrachten wir vierzehn sehr schöne Ferientage auf einem Campingplatz. Da gab es in unserer Nachbarschaft eine Koppel mit wunderschönen Pferden. Das war etwas für unsere Mädel.

Herr Wehrmann, selbst ein gebürtiger Holländer, holte uns am Ende der Ferien auch wieder nach Hause. Mit einem angemessenen Geschenk bedankten wir alle uns ganz herzlich bei ihm.

Meine Arbeitskollegin Brigitta Maria Kösling, besaß einen Renault R4. Diesen borgte sie mir gelegentlich, weil sie ein großes Herz für mich und meine Familie hatte.

In den nächsten, fast zwei Jahren hatte ich einen kleinen Nebenjob. Vor Dienstbeginn bei den Stadtwerken trug ich täglich die Neue Rhein Zeitung, kurz NRZ-Tageszeitung, aus. Mein Verdienst hierbei war eher gering. Es war für uns jedoch eine willkommene Finanzspritze.

Nach unserem letzten längeren Campingurlaub 1973 an der holländischen Nordsee machten wir in den folgenden Sommerferien eher Kurzreisen. Das war möglich, weil Kollegin Kösling uns bei Bedarf jeweils ihren Renault zur Verfügung stellte. So konnten wir 1974 abermals fünf Tage an der Nordsee verbringen.

Im Jahr 1975 verreisten wir in den Sommerferien auch wieder nur für ein paar Tage, dieses Mal nach Winterberg. Dort erlebten wir Natur pur und viel Unterhaltsames. Gerade weil wir in kurzer Zeit so viel erlebten, kam es uns jedes Mal so vor, als hätten wir vierzehn Tage Urlaub gemacht.

Unsere Töchter wollten ja auch gerne bei ihren Gleichaltrigen von Ferienreisen und Erlebnissen erzählen und davon schwärmen können, um so mit ihnen mithalten zu können.

Freundschaft und Liebesglück

Freunde und Freundschaften hatten ihren besonderen Platz in meinem Leben.

Von meinem Freund Josef erzählte ich ja schon, dass ich ihn im Alter von vierzehn Jahren in der Berufsschule kennenlernte.

Klaus Schneider lernte ich – genau wie Jahre später Ralf Dallmann – im Mundharmonika-Orchester kennen. Beide traten dem Orchester jeweils etwas zeitversetzt bei, allerdings später als ich. Im Laufe der Zeit freundeten wir Mundharmonikaspieler uns an.

Die Freundschaft mit allen dreien hatte Jahrzehnte Bestand und wird noch bis heute gepflegt. Mit der Zeit, da wir erwachsen wurden, kamen dann auch die Partnerinnen und späteren Ehefrauen hinzu. Wir drei Paare machten gemeinsame Touren, Ausflüge, sogar kleinere Reisen, jedoch niemals länger als drei Tage hintereinander.

Die Schneiders, Heisers und Dallmanns gaben sich schon vor Jahrzehnten einen gemeinsamen Namen, der da lautet: „Die Schneisermanns". Das war meine Idee.

Zu Josef, meinem ersten Freund, hatte ich ein anderes Verhältnis, wie auch später zu seiner Angetrauten. Auch diese Freundschaft dauert bis heute fort.

Das allergrößte Los habe ich jedoch mit meiner Ehefrau Hannelore gezogen. Sie ist solch eine hübsche wie liebenswerte Person. In jeglichen Belangen außerordentlich tüchtig. Sie kümmerte sich beispielhaft um unsere Töchter. Alle drei lernten von und bei ihr sehr viel. Was die Erziehung unserer Töchter angeht, so hatte ihre Mutter den größten Anteil daran. Die Begleitung der drei Mädel durch ihre ganze Schulzeit leistete Hannelore mit enormer Hingabe!

Wenn es uns nicht möglich war, mit unseren Kindern während ihrer Schulferien zu verreisen, so sorgte Hannelore für Ausgleich. Sie unternahm mit ihnen Wanderungen, besuchte Jugendattraktionen und reiste mit ihnen per Bus und Bahn.

In einem Jahr reiste sie mit den Mädchen in Begleitung von Oma Toni nach Heimbach in der Eifel, eine Reise mit dem Zug. Sie verbrachten dort zwei schöne Wochen. Als ich sie vom Bahnhof abholte, war ich voller Vorfreude auf das Wiedersehen. Dass die Freude gegenseitig war, muss ich wohl kaum erwähnen.

Durch Hannelore genoss und genieße ich noch einen ganz besonderen Vorteil. Da sie gelernte Friseurin ist, schnitt ausschließlich sie mir die Haare seit wir uns kennen, also seit meinem neunzehnten Lebensjahr. Das macht sie nach wie vor ausgezeichnet. Seither benötigte ich keinen anderen Friseur mehr.

Hannelore erhielt durch mich einen Kosenamen. „Herzchen" nannte ich sie, auch heute spreche ich sie gelegentlich so an. Und das nun schon einige Jahrzehnte. Wenn ich ihren Kosenamen als Symbol darstelle, dann male ich ein Herz mit einem Pünktchen rechts unten.

„Blumen sind das Lächeln der Erde"

Im Jahr 1980 stellten Hannelore und ich gemeinsam fest, es müsse eine Nebeneinkunft her. Unser Einkommen reichte für die Unterhaltung von Haus und Garten nicht aus.

Mein Freund Josef führte zu dieser Zeit ein eigenes Blumengeschäft. Durch ihn kam ich auf die Idee, einen Straßenverkauf von Blumen anzustreben. Ich sprach mit Josef über meine Idee. Er fand sie toll. Er erklärte sich bereit, uns die für unser Vorhaben notwendigen Blumen zu beschaffen. Er müsse sowieso an jedem Wochentag zur Blumenversteigerung, um neue und frische Ware für sein Geschäft einzukaufen.

Als ich Hannelore dies alles mitteilte, erklärte sie sich sofort bereit, das mit mir durchziehen zu wollen. Ich erkannte bei ihr auch eine gewisse Begeisterung.

Gesagt, getan! Ich machte mich alsbald auf die Suche nach einem für uns bezahlbaren Kleintransporter. Kurzfristig fand ich dann auch einen zehn Jahre alten Volkswagen-Kleinbus, den ich nach einer Probefahrt sofort kaufte. Hannelore war begeistert, als ich damit zu Hause erschien. Ich baute den Wagen derart um, dass ich mit ihm das Verkaufsgut von A nach B transportieren konnte.

Inzwischen suchte Hannelore das Ordnungsamt auf, um eine Straßenverkaufserlaubnis zu beantragen. Dieses Geschäft sollte nämlich aus steuerlichen Gründen auf ihren Namen geführt werden.

Jetzt musste ein Verkaufsplatz gefunden werden.

An der vielbefahrenen Bundesstraße 8 in Düsseldorf-Garath stand ein verwaistes Treibhaus. Hier recherchierte ich zunächst einmal. Ergebnis: Besitzer des Grundstücks, auf dem das Treibhaus stand, waren das Ehepaar Buddenbrock. Wir erreichten die Eheleute und erklärten ihnen unser Vorhaben. Sie fanden unseren Plan interessant und gestatteten uns den Verkauf von Blumen an ihrem Grundstück.

Wir unterhielten uns noch recht nett miteinander. Am Ende unserer Unterhaltung sagten sie: „Einer jungen Familie helfen wir gerne voranzukommen." Dann boten sie uns noch eine Räumlichkeit an, um dort einige Dinge wie Geräte, die wir für den Blumenstand brauchten, abstellen zu können.

Das Ehepaar war uns sehr sympathisch. Sie stellten uns die Verkaufsfläche und den kleinen Lagerraum kostenfrei zur Verfügung. Deswegen boten wir Frau Buddenbrock an, sich sonntags nach dem Blumenverkauf bei unserem Restbestand von Schnittblumen und Topfpflanzen nach Herzenslust zu bedienen. Dieses Angebot nahm sie dankend an. Am Ende reichten wir uns zur Besiegelung unseres Abkommens die Hand.

Als nächstes kaufte ich Materialien ein, um beispielsweise Blumenbänke bauen zu können. Eine Rolle Blumenpapier und ein dazu benötigtes Abreißgerät kaufte ich Josef aus seinem Bestand ab.

Endlich rückte unser erstes Verkaufswochenende an. Schon am Vortag bereiteten wir Blumenbunde vor. Unter der Anleitung meines Freundes lernten wir, daraus Blumensträuße zusammenzustellen, sie zu binden und in Blumenpapier oder in Folie einzupacken.

Mein Freund Josef ist gelernter Florist. Von ihm lernten wir auch, Frischblumengestecke selbst anzufertigen. Sie wurden in Keramik- oder Glasschalen mit Mosy-Steckschaum arrangiert. Die Mosyeinlage musste immer wassergetränkt sein.

Dann kam das entscheidende Wochenende: Zum ersten Mal beluden wir unseren Kleinbus mit dem Verkaufsgut. Für unseren neuen Nebenjob galt es nun, Erfahrungen zu sammeln. Am Samstag begannen wir mit dem Blumenverkauf, und dieser erste Verkaufstag verlief für uns recht gut. Am zweiten, dem Sonntag, verkauften wir auch gut und waren abends erst einmal erschöpft – aber sehr froh über unseren Erfolg! Auf dem Heimweg besorgten wir etwas zum Abendbrot für die ganze Familie.

Es war ausgemacht, dass sich während unserer durch den Blumenverkauf bedingten Abwesenheit beide Omas abwechselnd um die Betreuung unserer drei Töchter kümmern würden.

Am Ende des ersten Verkaufssonntags empfingen uns unsere Kinder sehr stürmisch. Natürlich waren sie sehr neugierig, und wir erzählten ihnen, wie es uns ergangen war. Nach dem Abendessen machten wir Kasse und zählten unsere Einnahmen vom ersten Wochenende. Zu unserer großen Freude stellten wir fest: Der Einsatz hatte sich echt gelohnt! Durch diesen Ansporn waren wir in der nun folgenden Zeit weiter erfolgreich.

Die Woche über leistete ich Verbesserungsarbeiten für unseren Nebenjob. Für den VW Bus besorgte ich einen gebrauchten Dachgepäckträger, dem eine besondere Funktion zukam. Durch ihn konnten wir nämlich mit wenig Aufwand ein Dach über unsere Verkaufsfläche spannen. An dem Träger befestigten wir Kanthölzer, und machten dann an seinem anderen Ende eine starke transparente Plane fest. Von dort wurde sie über die Kanthölzer abgerollt. Am Ende der Plane war ein Rundholz befestigt, das für eine gewisse Spannung der Überdachung sorgte. Diese Konstruktion verlieh unserem Verkaufsstand den Charakter einer kleinen Blumenhalle.

Zur Verkaufsförderung wendeten wir eine taktische List an, die in meinem Kopf entstanden war: Wir schenkten jedem Kunden von Anfang an ein Moosröschen. Kindern reichten wir jeweils kleine Süßigkeiten. Das alles kam bei unserer Kundschaft gut an. So gewannen wir schon ziemlich kurzfristig einen Stammkundenkreis.

Der Nebenjob verlangte uns alles ab. Wir mussten insgesamt hart arbeiten, aber dafür klingelte es in unserer Kasse!

Nebenbei bemerkt, durften wir unseren Verkaufsstand nur jeweils für zwei Stunden betreiben und zwar am Samstagvormittag und am Sonntag entweder vormittags oder nachmittags.

Das konnten wir aber so nicht einhalten, denn wir hatten ständig Kundschaft. Dadurch empfanden wir beide immer eine gewisse Portion Angst, sowohl gegenüber den Ordnungshütern als auch gegenüber der Konkurrenz. Kam dann mal ein Polizist, konnten wir uns jedes Mal irgendwie herausreden.

Es hätte aber auch Schlimmeres geschehen können, was ich mir gar nicht konkret vorstellen mag. Denn schließlich fand unser Verkauf direkt an einer verkehrsreichen Bundesstraße statt.

Nach dem ersten Verkaufsjahr entschied ich, den Straßenverkauf von Blumen zu beenden. Gut zwei

Wochen vorher erklärten wir unseren Kunden, dass wir den Verkauf einstellen würden. Ich sagte zu meiner Hannelore: „Wir hatten soviel Glück. Wir sollten es nicht herausfordern!"

Außerdem war dies auch ein sehr schwerer Nebenjob. Unsere Töchter mussten großes Verständnis haben, und sie brachten ihrerseits Opfer dafür.

In dem Jahr hatten wir uns ein ordentliches Kapital erarbeitet. Damit konnten wir die Umbauwünsche für unser Haus verwirklichen.

Für den Kleinbus, einschließlich allem Zubehör, fanden wir verhältnismäßig rasch einen Käufer. Danach schafften wir uns schon bald einen gebrauchten Golf von Volkswagen mit 50 PS an.

Das Leben ist eine Baustelle

1981 konnten wir nach jahrelanger Bauzeit endlich den von Hannelore so sehr gewünschten offenen Kamin in Betrieb nehmen. Hierfür musste ich einen Schornstein bauen, der sich vom Keller bis über den Dachfirst erstreckte. Im Parterre galt es dann zwischen zwei schon vorhandenen Eisenträgern eine stabile Betonplatte herzustellen, weil ein offener Kamin nicht auf Holzdielen betrieben werden darf. Die Beratung vor und fachliche Begleitung während des Kaminbaus leistete unser damaliger Bezirksschornsteinfegermeister.

Einen praktischen Bausatz zum Kaminbau kaufte ich bei einer in Meerbusch ansässigen Firma. Dieses Unternehmen ist einer der bekanntesten Anbieter für Kamin- und Kachelofenbau. Wir besaßen ja nun einen PKW, was mir den Einkauf und Transport von Baumaterialien enorm erleichterte.

Während der Zeit des Kaminbaus feierten wir 1977 Simones Kommunion. Zwei Jahre später dann auch die Kommunion unserer Babette. Zur Ausrichtung dieser beiden Feste nutzten wir das spätere Kamin- und Esszimmer. Zuvor war unser Kaminzimmer Simones und Babettes gemeinsames Kinderzimmer und das Esszimmer unser Wohnzimmer gewesen. Zwischen beiden Räumen entfernte ich die Wand, so dass sie nun zu einer durchgehenden Einheit verschmolzen.

Dieser Teil des Hauses, der länger als drei Jahre eine Baustelle war, wurde von uns extra für Simones und zwei Jahre später auch für Babettes Kommunion provisorisch tapeziert. So entstand jedes Mal ein kleiner Festsaal. Beide Kommunionfeiern waren sehr schön und liefen ähnlich wie damals Melindas Kommunion absolut harmonisch ab.

Neben dem Haus galt es auch noch einen Garten zu gestalten. Seit unserem Einzug in Urdenbach hatte ich damit begonnen, Bäume zu fällen und deren Wurzeln zu entfernen. Davon gab es mehr als vierzig an der Zahl, vorwiegend Obstbäume. Sie waren teilweise schon sehr alt oder krank, oder sie standen für uns an einer falschen Stelle. Diese Maßnahme erstreckte sich jedoch über viele Jahre. Meine Frau und ich versäumten es allerdings nicht, wieder junge Bäume anzupflanzen.

Einen Teil des Gartens gestalteten wir zum Ziergarten um. Es entstanden Rasenflächen und Blumenbeete. Ich stellte neue Wege und Hofflächen her. Den Nutzgarten erhielt ich zum großen Teil. Es wurden Stachelbeerbäumchen, Johannisbeersträucher und einiges andere mehr angepflanzt. Frühbeete legte ich auch an. Wir konnten durch diese beispielsweise schon Anfang Mai Kopfsalat ernten.

Im Laufe der Zeit gab es bei uns im Garten schon Mitte April den ersten jungen Rhabarber und sogar verschiedene Gewürze. Auch Liebstöckel wuchs schon sehr früh im Jahr für die Hausfrau Hannelore und für manche Nachbarin.

Schon bald gab es auch Frühkartoffeln. Die ersten brauchbaren Möhren wurden aus ihren Reihen herausgezogen. Weiße und blaue Kohlrabi und Radieschen wurden geerntet. Schwarzwurzeln, Buschbohnen, sogar Erbsenschoten und Rettiche landeten in unserer Küche. Bald auch schon ernteten wir die ersten Stangenbohnen.

Der Garten gefiel mir und meiner Familie großartig. Das Lob meiner Mutter, Hannelores Schwiegermutter, machte uns auch stolz. Sie war ja auch wie wir Nutznießerin unserer Gartenprodukte. Weinstöcke pflanzte ich auch an. Noch im selben Jahr konnten wir die Trauben ernten. Meine Frau verarbeitete sie und stellte Weingelee daraus her. Bis heute verwandelt Hannelore alle geeigneten Früchte in wohlschmeckende Marmelade.

Tomaten aus eigener Zucht waren ein absolutes Highlight. Meine Frau mag alles Mögliche und Unmögliche, nur Tomaten waren nicht nach ihrem Geschmack. Das war ein Grund, warum ich meine Tomaten an Verwandte und Bekannte verschenkte.

Die Erdbeerpflanzen entwickelten sich gut und schnell, und Früchte trugen sie auch schon bald. Konnten wir viel ernten, so machte Hannelore Marmelade daraus. Unter anderem kombinierte sie auch Rhabarber mit den Erdbeerfrüchten – lecker! Zum Direktverzehr gab es Himbeeren und amerikanische Brombeeren. Nachbarskinder kamen auch gelegentlich zum Naschen zu uns herüber.

Sonnenblumen fehlten in keinem Jahr in unserem Garten. Einmal erreichte ein Prachtexemplar 5,25 Meter an Höhe. In einem späteren Jahr tauchten plötzlich Nymphensittiche auf und labten sich an unseren Sonnenblumenkernen. Sie führten sich in unserer Gegend sehr lautstark auf. Diese Vögel wurden in Nordrhein-Westfalen heimisch und vermehrten sich auf beängstigende Weise.

Im Laufe der folgenden Jahre wurden unsere Rasen- und Blumenbeete zum absoluten Hingucker. Nette Nachbarn hatten ein Lob für uns übrig. Andere sagten lieber erst gar nichts.

Unkraut – man sagt ja besser „Wildkräuter" – jäten, Rasenflächen sowie auch Beete pflegen, war für mich immer eine angenehme Pflicht.

Eines guten Tages erhielt ich völlig überraschend eine Ladung Natursteine durch meinen Schwager Gottfried, Lonis Ehemann, angeliefert. Er war bei der damals noch existierenden Ruhrgas AG beschäftigt. Für diese Steine hätte sein Betrieb keine Verwendung mehr, so mein Schwager. Er wolle mir eine Freude machen. Was ihm damit auch gelang.

Mir kam auch sofort eine Idee in den Sinn. Ich könnte mit den Natursteinen hinter unserem Haus ein Blumenhochbeet errichten. Wenig später schon setzte ich meine Idee um und baute aus den Steinen eine leicht geschwungene Rundmauer. Danach füllte ich den Innenraum mit Muttererde auf. Auf diese Weise bekamen wir ein Hochbeet, das die ansonsten ebene Gartenfläche reizvoller aussehen ließ.

Die restlichen Steine ordnete ich im Beet an. Das neugestaltete Areal nannten wir unseren „Steingarten". Hübsche Stauden, Blumenzwiebeln und Blumenkissen, zwischen den Natursteinen angelegt, ergaben Wochen später ein ansehnliches Blumenbeet. Nun konnten wir dieses Beet praktisch von Stein zu Stein auch begehen.

Schon weit vor unserem Einzug in unser Haus hatten mein Vater und mein Bruder Heinz auf unserem Grundstück eine Garage gebaut. Sie befand sich noch im Rohbau. Im Auftrag meiner Mutter vermietete ich den Unterstellplatz an einen Autobesitzer.

Für meine Begriffe stand die Garage relativ ungünstig, da sie am hinteren Ende unseres Grundstücks errichtet worden war. Eine Baugenehmigung war dafür nicht erteilt worden, weshalb mich das städtische Bauaufsichtsamt aufforderte, den Bau wieder abzureißen und komplett zu entfernen!

Dieser Aufforderung des Amtes folgte ich gern, weil dies ganz in meinem Sinne war. Mit einem Teil der Hohlblocksteine, die ich aus dem Abriss der Garage gewann, erweiterte ich einen kleinen Gartenschuppen aus Stein, der sich in der anderen Ecke des hinteren Grundstücks befand. Ich plante, irgendwann Hühner anzuschaffen, und errichtete dazu vorsorglich schon einmal eine Hühnervoliere.

Unsere Siedlung verändert sich

Zu dieser Zeit war viel die Rede davon, dass das Erbpachtgelände der gesamten Siedlung neu parzelliert würde und wir, die Pächter, die nur Eigentümer ihrer Häuser waren, einen Teil unserer Grundstücke käuflich erwerben könnten. Hinter diesem Plan der Stadt stand das große öffentliche Interesse, auf den hinteren Teilgebieten unserer Grundstücke neuen Wohnraum entstehen zu lassen.

Rückblickend kann ich heute sagen, dass die Realisierung des Vorhabens sich über einen Zeitraum von mehr als fünfzehn Jahren erstreckte. Daher musste ich nach Bekanntwerden der geplanten Veränderungen den Wunsch, für uns Hühner und einen Hahn anzuschaffen, zunächst auf Eis legen. Im Lauf der Jahre wurde mir dann klar, dass ich den Hühnerwunsch endgültig begraben musste, da Voliere und Stall der Verkürzung unseres Grundstücks zum Opfer fallen würden.

Ende der 1960er Jahre deutete sich an, dass unsere gesamte Siedlung ein öffentliches Abwasserkanalsystem erhalten sollte, an das wir bislang nicht angeschlossen waren. Wir besaßen nur jeweils eine Sickergrube. Das Kanal- und Wasserbauamt der Stadt Düsseldorf erstellte dann auf unserem Grundstück in Straßennähe einen Revisionsschacht. Dieser wurde später mit dem Kanalsystem verbunden.

Wie allen unseren Nachbarn kam auch mir die Aufgabe zu, die gesamte Entwässerung unseres Gebäudes in Eigenleistung mit dem Revisionsschacht zu verbinden. Hierbei halfen mir die drei Schneider-Brüder als gute Freunde sehr tatkräftig.

Im Jahr 1983 nahm ich eine weitere sehr schwierige Aufgabe in Angriff. Da die Grundmauern unseres Hauses Feuchtigkeit aufwiesen, nahm ich den Kampf dagegen auf. Am Vorderhaus legte ich die Grundmauer frei. Diese bestand aus Kalksandsteinmauerwerk ohne Außenputz. Als Fundament diente eine 15 cm starke Mörtelschicht.

Schrittweise schachtete ich jeweils auf einer Länge von einem Meter neben dem Mauerwerk den sogenannten gewachsenen Boden aus und entnahm das Fundament. Das war nicht erhärtet und zerfiel sofort. An seiner Stelle goss ich ein stärkeres Fundament nach derzeitigem Standard und legte abschließend eine Sperrschicht aus Teerpappe darauf. Im Anschluss mauerte ich vergleichbare Kalksandsteine hoch bis vor das vorhandene Mauerwerk. Zwischen dem neu gemauerten und dem Bestandsmauerwerk ließ ich eine Fugenstärke offen, um diese mit handtrockenem Mörtel unter Anwendung von Druck zu schließen.

Auf diese Weise arbeitete ich mich Meter für Meter vor, um keinen Riss im Mauerwerk zu riskieren. Letztlich brachte ich somit die Grundmauerhöhe von weniger als 2,20 Metern auf 2,50 Meter. Nach der Fertigstellung dieser Verbesserung verputzte ich die Außengrundmauer, wodurch sie einen zusätzlichen Schutzmantel erhielt.

Zwischenzeitlich hatte ich in der Mitte des Vorderhauses eine stabile Versickerungsanlage errichtet, die eine Tiefe von 3,50 Metern erreichte.

Im Keller konnte man viele Wochen später die durch meine Arbeiten am Fundament eingetretene Trocknung des Mauerwerks erkennen. Das erweckte einen gewissen Stolz in mir.

Nachdem der Außenputz trocken war, trug ich auf die Grundmauern eine Bitumenschicht auf und befestigte punktuell Drainagestyropor an der Außenwand. Im Rahmen meiner Langzeitbeobachtungen des Mauerwerks konnte ich danach auch nicht mehr den kleinsten Riss feststellen – Gott sei Dank!

Kleiner Knall, große Wirkung

Im Jahr 1983 fand die Hochzeit unserer Nichte Sabine mit ihrem Bräutigam Dietmar statt. Der früher übliche Polterabend einen Tag zuvor fand in einer Tiefgarage statt. In der Zufahrt wurde ausgiebig gepoltert. Sabines künftiger Schwiegervater gab dabei einen oder gar mehrere Schüsse aus einer Schreckschusspistole ab. Das laute Knallen dieser Schüsse hatte einen enormen negativen Effekt. Ohne nachträglich jemanden beschuldigen zu wollen, begann bei diesem Spektakel, so glaubt es meine Hannelore, ihr Tinnitus durch ein Knalltrauma.

Im Laufe der folgenden drei Jahrzehnte verlor meine Frau fast ihr Gehör, und ist seit langem auf die Unterstützung durch Hörgeräte angewiesen. Ohne diese Technik wäre sie fast gehörlos. Hannelore geht mit diesem Symptom jedoch sehr vorbildlich um.

In unserem näheren Bekanntenkreis nahmen sich zwei Personen, die unter einem unerträglichen Tinnitus litten, schon das Leben. Sie wurden mit ihrer Erkrankung einfach nicht fertig. Hannelore hat jedoch für sich viele Möglichkeiten gefunden, mit diesem Problem umzugehen. Dafür ein ganz großes Lob von mir!

Meine geliebte Ehefrau Hannelore stand und steht mir in jeglicher Hinsicht tatkräftig zur Seite. Deshalb kam mir nach den großen Veränderungen in unserem Haus und auf dem Grundstück in den Sinn, dass ich schnellstens etwas einleiten sollte, das schon vor langer Zeit fällig gewesen wäre: Ich leitete eine Schenkung an sie ein. Hierzu will ich erklären, dass bis dato Grund und Boden, also unser Zuhause, allein auf meinen Namen im Grundbuch geführt wurde. Es war also Zeit, diesen Zustand zu ändern. So kam es am 30. März des Jahres 1984 endlich zur Schenkung, wodurch Hannelore zur gleichberechtigten Miteigentümerin unseres Zuhauses wurde.

Auch in diesem Jahr verbrachten wir mit unseren Töchtern Simone und Babette einen vierzehntägigen Urlaub in Spanien. Wir hatten in Torredembarra, einer Stadt in der katalanischen Provinz Tarragona, eine Ferienwohnung gebucht und reisten mit unserem PKW an. Der Urlaub war schön, aber bei der Anreise fiel in Genf in der französischen Schweiz die Lichtmaschine aus, was Zeit und Geld kostete.

Auf der Rückreise fuhren wir des Nachts in Südfrankreich mit einer Geschwindigkeit von hundert Stundenkilometern über ein Surfbrett, das ein vor uns fahrender Personenkraftwagen verloren hatte. Es war damit zu rechnen, dass unser Wagen dadurch beschädigt worden war. Da ich nach Sichtung mit einer Taschenlampe keinen Schaden am Unterboden entdecken konnte, setzten wir unsere Fahrt mit verminderter Geschwindigkeit fort. Das führte zwar zu einer längeren Rückfahrtzeit, aber schließlich kamen wir wohlbehalten und glücklich zu Hause an.

Ich ließ später in einer KFZ-Werkstatt prüfen, ob unser Wagen doch Schaden genommen hatte. Glücklicherweise teilte man mir mit, dass es keinerlei Beschädigung gab. Also fiel auch im Nachhinein kein Schatten auf unsere schönen beiden Wochen in Torredembarra, die wir in glücklicher Harmonie erlebt hatten.

Unsere Ferienreise im folgenden Jahr mit Simone und Babette führte uns nach Italien. In Malcesine am Ostufer des Gardasees, direkt am Fuße des Monte Baldo gelegen, hatten wir eine Ferienwohnung gemietet. Am Ufer des Gardasees lernten wir eine holländische Familie kennen, mit der wir uns anfreundeten. Diese Familie hatte ebenfalls zwei Töchter. Die ältere der beiden konnte surfen. Von ihr erlernte Simone das Wellenreiten. Wir verstanden uns alle gut miteinander und genossen das herrliche Badewetter.

An einem unserer Urlaubstage unternahmen wir eine Eisenbahnfahrt nach Venedig. Einen Tag lang faszinierte uns diese Stadt, so dass wir noch lange von ihr schwärmten! Vom Markusturm aus hatten wir einen enormen Ausblick auf die Stadt. Wir ließen uns später Pfirsiche und anderes überreifes und süßes Obst schmecken. Diese Früchte wurden allerorts für kleines Geld angeboten.

Aber gerade in einem erlebnisreichen Urlaub vergehen zwei Wochen leider wie im Fluge. So fand auch diese schöne Zeit bald ein Ende, und wir vier traten die Heimreise an. Nach einer langen Rückfahrt erreichten wir gesund und munter wieder unser Zuhause. Jetzt gab es viel zu erzählen.

Glückliche Hochzeitsjubilare

Im November 1985 feierten wir unsere Silberhochzeit. Dazu mieteten wir in der Orangerie von Schloss Benrath den Gewölbekeller an. Die gesamten köstlichen Speisen für unsere Gäste bereitete Hannelore in mühevoller Hingabe fast ganz alleine zu. Sie bastelte hierzu auch Enten und Fische und dekorierte sie mit Gurken, Radieschen und vielen anderen Gemüsen und Früchten, die sie in Scheiben und andere Formen schnitt. Dazu installierte ich eine stimmungsvolle Beleuchtung und sorgte auch für die Beschallung.

Mein Arbeitgeber stellte mir freundlicherweise einen Firmenwagen mit Fahrer zu Verfügung, um Speisen, Geräte und was wir sonst noch alles für die Ausstattung des Festes brauchten, von unserem Haus zum Gewölbekeller zu transportieren.

Dieses Fest nahm einen sehr harmonischen Verlauf. Wir hatten viele Gäste, die uns Jubilare mit schönen Blumen und anderen Geschenken überhäuften. Einige von ihnen erfreuten uns mit humorvollen Darbietungen. Es wurde viel gelacht. Unsere Herzen blühten auf. An die kurzweiligen Beiträge schloss sich die eine und andere Festrede an. Hans, einer unserer lieben Schwäger, begleitete unsere Gesänge stimmungsvoll mit seinem Akkordeon.

Unsere Töchter und Schwiegersöhne leisteten alle notwendigen Arbeiten als unser fleißiges „Festpersonal" und sorgten in den verschiedenen Bereichen dafür, dass alles reibungslos vonstatten ging.

Unsere Silberhochzeitsfeier hat für mich noch heute einen enormen Erinnerungswert. Wir gaben ein glückliches Silberhochzeitspaar ab.

Kaum ein Jahr später heiratete unsere älteste Tochter Melinda ihren Bernhard. Zuvor hatte bereits im kleinen Familienkreis im Urdenbacher Gasthof „Zur Mühle" eine Verlobungsfeier stattgefunden. Die kirchliche Trauung fand im Sommer 1986 in der katholischen Kirche „St. Cäcilia" in Düsseldorf statt. Mit großem Stolz führte ich meine Tochter zum Altar.

Danach begaben wir uns zur Hochzeitsfeier nach Baumberg, einem Nachbarort Urdenbachs. Unser Domizil für das Fest war ein schöner Saal im oberen Stockwerk der Gaststätte „Zur Aue", in Rheinnähe gelegen. Vom Saal aus konnten wir und unsere Gäste auch eine gepflegte Gartenterrasse des Lokals nutzen. Der warme Sommertag lockte uns nach draußen und war ein willkommenes Geschenk für uns alle.

Eine Hochzeitskutsche mit Pferdegespann hatte der Bräutigam nicht gewollt, aber die Fahrt in einem schmucken Oldtimer, einem Mercedes Benz 170 V in Bordeauxrot, gefiel auch Bernhard als Beförderungsmittel. Hübsch geschmückt, war die edle Karosse für viele ein Hingucker!

Leider hielt dieser Ehebund nur fünfzehn Jahre und blieb kinderlos. Melinda arbeitete beruflich ausschließlich in Innenräumen. Bernhard dagegen war Kraftfahrer und folglich ständig in freier Natur unterwegs. So fielen ihre Freizeitbedürfnisse sehr unterschiedlich aus. Eines Tages beschlossen beide, sich zu trennen. Ihre Scheidung gestaltete sich sehr einvernehmlich, so dass sie bis heute eine Freundschaft pflegen.

Eine neue Ära

Inzwischen waren unsere drei Töchter nach und nach erwachsen geworden. Das eröffnete uns neue Möglichkeiten – wir konnten unsere Urlaube nun für uns alleine planen. Dabei machten wir eine interessante Erfahrung: Eine Flugreise innerhalb Europas, kombiniert mit vierzehn Tagen Hotelaufenthalt „all inclusive", war wesentlich preiswerter, als zwei Wochen Urlaub im eigenen Land zu finanzieren.

Unsere erste zweiwöchige Urlaubsreise führte uns nach Mallorca. Wegen des Fluges waren wir allerdings leicht aufgeregt, denn beide hatten wir niemals zuvor ein Flugzeug bestiegen. Der Hinflug war für uns jedoch ein faszinierendes Erlebnis! Und unser Hotel war einfach wunderschön – mit Blick aufs Meer. Das Wetter war schön, die Wärme tat uns gut, und wir genossen ausgiebig das Bad im strahlend blauen Mittelmeer.

Wir verlebten unseren Urlaub nicht in der Nähe der Hauptstadt Palma, sondern am anderen Ende dieser schönen Insel in Alcudia. Die Umgebung dort gefiel uns, der Strand, die Hotelpools – alles einfach wunderbar. Und die Vollpension war ein Genuss. Köche und Küchenpersonal verwöhnten uns nicht nur kulinarisch.

In der Folge dieser guten Erfahrung machten wir fast jedes Jahr einen Urlaub per Flieger. Sehr oft führten uns unsere Reisen nach Tunesien. Wir lernten auch Marokko, die Türkei, Griechenland und Bulgarien kennen. Wir erkundeten die Balearen, Kanaren, sogar Ägypten war einmal unser Reiseziel.

Dort verbrachten wir zwei erholsame Wochen in Hurghada.

Bis heute schwärmen wir von all unseren Reisen. Traumhafte Erinnerungen kommen uns stetig in den Sinn. Wenn wir uns gelegentlich Fotos, Videos und Super-8-Filme von diesen Exkursionen ansehen, ergreift uns immer wieder ein gewisses Fernweh.

Aber auch zu Hause waren uns Glücksmomente vergönnt. Im Jahr 1986 erbte Hannelore von ihren verstorbenen Eltern eine große Geldsumme. Auf die spontane Freude über das viele Geld folgten Diskussionen darüber, wie man es sinnvoll verwenden könne. Uns fehlte eine Art Partyraum. Erster Einfall: Eine Blockhütte im Garten könnte das Problem lösen. Mit Hannelores Erbe wäre die Anschaffung kein Problem.

Nicht weit von unserem Zuhause, in Hilden, gab es einen Hersteller von hervorragenden Blockhütten. Diese konnte man in allen gewünschten Größen und sogar mit Terrasse erhalten. Die Wandung dieser Häuschen war sechs Zentimeter dick. Die einzelnen Hölzer wurden durch zweifache Nut-Federführung miteinander verbunden.

Im hinteren Teil unseres Grundstücks gab es genug Platz für eine solche Blockhütte. Wir ließen uns beraten und kauften sofort! Nach einer sehr kurzen Lieferfrist baute man uns das Blockhaus mit Terrasse innerhalb weniger Stunden auf. Hierzu passt einmal wieder das Werbemotto „Genuss – sofort"! Zusätzlich freute uns, dass wir mit dem Kauf dieser Hütte erst ein Sechstel von Hannelores Erbe ausgegeben hatten.

Dass wir in unserem Siedlungshaus keinen ausreichenden Platz für einen Partyraum hatten, war Ausdruck der Tatsache, dass unser damals vorhandener Wohnraum an sich nicht den Ansprüchen dieser Zeit entsprach. Um das zu ändern, mussten wir anbauen. Hannelores restliches Erbe bot uns die Möglichkeit dazu, also machten wir uns Anfang 1987 an die Arbeit!

Hannelore sagte ganz großzügig zu mir: „Hierzu nehmen wir aber Handwerker. Du sollst das alles nicht alleine schultern. Überdies bist du meistens reichlich beschäftigt in deinem Alltag." Doch bei der Planung, eine Garage, ein Bad, einen Hausarbeitsraum und einen Geräteraum an unser Haus anzubauen, wurde mir kaufmännisch betrachtet klar, dass hierfür das Restgeld von Hannelores Erbe nicht ausreichen würde. Das ließ nur den simplen Schluss zu: Ich würde selber bauen müssen.

Natürlich konnte ich das nicht alles alleine schaffen. Ich nahm also unser Bauvorhaben in Angriff und plante die fachliche Hilfe und Unterstützung mit ein. Was das dem Bauaufsichtsamt gegenüber vorgeschriebene Planungsverfahren anging, konnte ich vom Zeichnerischen her fast alles in Eigenleistung erbringen.

Im Jahr 1991 erreichte ich die Fertigstellung unseres Projektes. Vor allem dank meiner Schwiegermutter hatten wir nun ein beschauliches Anwesen. Denn das Erbe meiner Frau stammte ja aus dem elterlichen Haus ihrer Mutter, das sie zu Lebzeiten mit ihrer Schwester Agnes als Eigentümerin besaß und in dem Hannelore aufgewachsen war. Mein Schwiegervater spielte in der vorgenannten Erbangelegenheit nur eine unwesentliche Rolle.

Zwei Jahre vor Ende unserer Hauserweiterung durch den Anbau hatte ich noch etwas Besonderes erlebt, denn im Jahr 1989 feierte ich mein 25-jähriges Dienstjubiläum bei den Stadtwerken Düsseldorf.

Abschied von unserer Mutter

Mit der Beendigung der Arbeiten an unserem Anbau fiel zusammen, dass meine über alles geliebte Mutter unserer pflegerischen Betreuung bedurfte. Federführend hierbei war ich. Da ich ganztags berufstätig war, hatte ich nicht rund um die Uhr Zeit für sie. Da stand mir meine Hannelore sehr zur Seite und ergänzte diese Pflegedienste, wenn ich meinem Beruf nachging. Meine beiden Schwestern, Anna und besonders Loni, halfen bei Bedarf mit. Heinz und Hannchen, die weiter entfernt wohnten, versorgten unsere Mutter hin und wieder.

In dieser Zeit hatte Mama einen längeren Krankenhausaufenthalt. Sie musste wochenlang auf dem Rücken liegen, wodurch sie sich wundlag und sich im Rückenbereich eine offene Wunde bildete. Diese war sehr groß und heilte nie wieder.

Eines Tages wurde sie per Krankentransport wieder nach Hause gebracht. Sie lebte noch selbstständig in ihrer Wohnung und wollte dort bleiben, solange wie es eben möglich war. Ich bereitete ihr Zuhause soweit vor, um ihr das auch noch weiter zu ermöglichen.

Zwei Jahre lebte sie Daheim, nur immer mit ihrem Morgenmantel bekleidet. Von ihrem Sessel aus konnte sie telefonieren, ihren Fernseher bedienen und einiges an Beleuchtung ein- und ausschalten. Ich richtete ihr auch ein Hausnotrufsystem des Malteser Hilfsdienstes ein, das tadellos funktionierte, wie ich hier nur unterstreichen kann.

Mutter wurde von einem ambulanten Pflegedienst betreut, der unter anderem ihre offene Wunde am Rücken versorgte. Hannelore übernahm diese Versorgung zwischendurch. Meine beiden Schwestern konnten diese Leistung nicht erbringen.

Unsere Mutter war als Patientin sehr pflegeleicht. Nach zwei Jahren in ihrer gewohnten Umgebung fasste sie den Entschluss, in ein ihr bekanntes Altenheim umzuziehen. Sie hatte in früheren Jahren dort schon ehrenamtlich gearbeitet. Dieses Heim war ihr sympathisch, was uns Kindern den Schritt leichter machte. Mutter hatte diese Entscheidung getroffen, als sie bemerkte, dass es uns allen schwerfiel, sie zu versorgen. Sie verfügte über einen gesunden Menschenverstand, überdies hatte sie aber auch ein gutes Herz.

Da unsere Mutter im Altenheim Bekanntheit und Sympathie genoss, erhielt sie verhältnismäßig rasch einen Platz in einem Zweibettzimmer. Um mobil sein zu können, bekam sie einen Rollstuhl. Wenn wir sie besuchten, trafen wir sie oftmals nicht gleich an, da sie meistens unterwegs war. Unsere Mutter war vielseitig interessiert. Nicht nur zum Gottesdienst fuhr sie; sie bewegte sich überall dorthin, wo es ihr interessant schien.

Schon ein halbes Jahr später rief Gott sie zu sich. Mutter verstarb am 1. Juli 1993. Sie nahm dankbar von diesem irdischen Leben Abschied. Davon war ich fest überzeugt. Es war für uns alle ein sehr schmerzlicher Abschied, besonders aber für mich, denn schließlich war ich ihr Benjamin!

Lotse des Ambulanzfahrzeugs

Das Leben ging weiter und hielt noch andere Prüfungen für uns bereit. Meine Hannelore klagte ständig über Rückenschmerzen. Ihr Orthopäde diagnostizierte einen Bandscheibenvorfall und bereitete sie auf eine Operation in Solingen vor. Im Krankenhaus dieser Stadt gab es erfahrene Ärzte für derartige Eingriffe. Sie standen weit über die Stadtgrenzen hinaus in dem Ruf, sorgfältig und erfolgreich zu operieren. Hannelore musste sich auf sechs Wochen Wartezeit einstellen. Vorsorglich stellte sie eine Tasche mit allem Notwendigen parat, das sie für den bevorstehenden Krankenhausaufenthalt brauchen würde.

Im Februar 1991, nachdem erst zwei Wochen der sechswöchigen Wartezeit vergangen waren, litt meine Hannelore unter unerträglichen Schmerzen. Ich alarmierte sofort den Notarztwagen. Unsere Tochter Simone eilte aus ihrem Zimmer zu uns. Als sie sah, wie sehr ihre Mutter litt, war sie sehr besorgt. Zum Glück waren die Rettungssanitäter schnell zur Stelle und trugen meine Hannelore in das Rettungsfahrzeug. Ich forderte die Sanitäter auf: „Bringen sie meine Frau bitte nach Solingen in die Spezialklinik. Dort befinden sich schon die Papiere für die Operation!"

Das könnten sie nicht machen, so die beiden Sanitäter der Feuerwehr, da sie den Auftrag haben, die Patienten immer zum nächstgelegenen Krankenhaus zu bringen. Nun stellte sich unsere Tochter vor die Sanitäter und bat sie eindringlich, ihre Mutter nach Solingen zu bringen. „Etwaige Kosten hierfür übernehme ich", ergänzte Simone noch.

„Wir wissen nicht einmal, wo das genau ist", erklärten die Feuerwehrleute, und mit ihren Blicken auf mich gerichtet fragten sie: „Würden Sie uns mit Ihrem PKW dorthin lotsen? Dann wären wir dazu bereit".

Zu dieser Zeit gab es noch kein Navigationsgerät in unserem Wagen. Und da ich zuvor nur ein einziges Mal zu der Klinik in Solingen gefahren war, hatte ich Bammel, den Krankentransport dorthin zu lotsen. Zu allem Überfluss waren die Straßen auch noch leicht glatt. Ich hatte jedoch keine andere Wahl und stimmte dem Vorschlag zu.

Es gelang mir aber ohne weitere Komplikationen, den Rettungswagen ans Ziel zu lotsen, und so erreichten wir bald das Solinger Krankenhaus. Da ich meine Frau jetzt in guten Händen wusste, machte ich mich kurze Zeit später wieder auf den Heimweg.

Hannelore wurde schon am nächsten Tag erfolgreich operiert. Die Ärzte versteiften den vierten und fünften Rückenwirbel und beseitigten damit erfolgreich das Problem, das ihr so große Schmerzen bereitet hatte. Rückblickend weiß ich heute, dass alles gut verlief und wir alles richtig gemacht haben, und meiner lieben Hannelore bereitete ihr Rückgrat von da an keine besonderen Beschwerden mehr.

Das Auf und Ab des Lebens

Nach Hannelores Genesung nahm unser Leben wieder einen guten Verlauf. Als nächstes Projekt nahmen wir einen Gartenteich von tausend Litern Inhalt in Angriff. Es dauerte gar nicht lange, da reicherte er sich ganz von selbst mit Leben an. Markant war, wie sich Frösche darin ansiedelten. Weil Tests ergaben, dass die Wasserqualität im Teich gut war, setzten wir schon bald eine geringfügige Zahl von Goldfischen und Kois ein.

Im Uferbereich des Teiches siedelte ich verschiedenen Wasserpflanzen an. Sumpfdotterblumen sind sehr schön anzusehen, wenn sie in voller Blüte stehen. Von einer in den Teichboden gepflanzten Seerose zeigten sich allmählich erste grüne Blätter an der Oberfläche. Später faszinierten uns die Seerosenblüten. Durch die Pflanzen und einen Wasserzulauf verbesserte sich die Qualität des Wassers abermals. Im Winter sorgte eine Tauchheizung dafür, das der Teich nicht ganz zufror und an der Oberfläche eine freie Stelle blieb.

Auch im Haus beschäftigte uns die Frage: Wie wollen wir heizen? Früher geschah das mittels Kohleöfen. Später waren ganz unterschiedliche Heizkörper in Gebrauch, die mit elektrischem Strom betrieben wurden. Lange Zeit benutzen wir Ölradiotoren. Oft sprangen die Sicherungsautomaten heraus, weil die Stromkreise durch die Heizkörper überlastet wurden.

Weil wir vorhatten, kostengünstiger zu heizen, legten wir Geld zur Seite und sparten auf eine neue Heizung. Nachdem die Stadtwerke eine Gasleitung in unserer Straße verlegt hatten, nahmen wir für unser Haus die Nachrüstung mit einer gasbetriebenen Zentralheizung ins Visier. Dazu nahmen wir einen örtlichen Anbieter unter Vertrag. Da ich den Inhaber des Installationsbetriebs gut kannte, einigte ich mich mit ihm darauf, einen Teil der Arbeiten in Eigenleistung zu erbringen. Ich arbeitete mit den Installateuren Hand in Hand zusammen, so dass der Einbau der neuen Heizungsanlage zügig voranging.

Ich muss an dieser Stelle noch erklären, dass ich seinerzeit bei der Fertigstellung des Anbaus vorausschauend schon alle Leitungen für die Heizungsanlage installiert hatte. Somit musste der Anbaubereich nur noch an das neu verlegte Leitungssystem des Hauptgebäudes angeschlossen werden.

Als nach der Inbetriebnahme der Gasheizungsanlage die Rechnung fällig wurde, stand am Ende ein sehr günstiger Preis, den wir einem Sanitär- und Heizungsinstallateur aus unserem Wohnort Urdenbach und meiner kostensparenden Mitarbeit als Hilfshandwerker zu verdanken hatten.

Im März 1995 bereitete uns das Schicksal so etwas wie einen „schwarzer Tag", auch wenn das Ereignis mitten in der Nacht eintrat: Von einer auf die andere Sekunde fiel Hannelore auf der Bettkante sitzend nach hinten. Sie hatte einen Krampfanfall, von dem ich aber erst später erfuhr, dass er einer war.

Für mich war sie in diesem schrecklichen Moment allem Anschein nach tot! Mein Puls schlug mir bis zum Kinn, und mein Herz raste. Ich war wie gelähmt, wählte aber mechanisch den Notruf. Dabei war ich am Telefon derart aufgebracht, dass in kurzer Folge zwei Rettungswagen bei uns eintrafen.

Zwischendurch kam mir der Gedanke: Soll das das Ende unserer Zweisamkeit sein? Sollten wir uns nicht einmal voneinander verabschieden können?

Mechanisch angetrieben öffnete ich den Rettern die Haustür. Die Notärztin schaffte es, Hannelore augenblicklich zu reanimieren! Als ich ihre Stimme wieder wahrnahm, fühlte ich mich sofort besser! Im Krankenhaus erlitt meine Frau noch zweimal einen solchen Krampfanfall, jedoch nicht ganz so heftig. Mehr zufällig bekam der dort zuständige Arzt einen der Anfälle mit.

Von ihm ließ ich mir die Ursache des Vorfalls erklären. Es lag daran, dass Hannelores Sauerstoffzufuhr zum Gehirn kurzzeitig unterbrochen war, so der Mediziner. Da wurde mir klar, dass eine schwere Erkältung, die sie gerade erlitten hatte, die eigentliche Ursache war.

Seither bange ich um meine Hannelore, wenn sie wieder einmal erkältet oder grippal erkrankt ist, und sei es noch so leicht. Glücklicherweise kam es danach nicht mehr zu einem ähnlichen Vorfall. Das sollte auch niemals mehr geschehen, wünsche ich mir von ganzem Herzen!

Wohl und Wehe unserer Töchter

Als ich mich eines Tages daran machte, meine auto-biografischen Erinnerungen aufzuschreiben, fiel mir ein, dass sich bei unseren drei Töchtern im ganz jungen Alter jeweils ein Unfall ereignete.

Melinda, siebenjährig, musste auf ihrem Schulweg eine stark befahrene Straße überqueren. Das tat sie immer vorbildlich. Aber an einem Tag wurde sie von einem Kleintransporter angefahren. Nach Aussage eines Zeugen war eindeutig der Fahrer des Lieferwagens schuld, da er sein Fahrzeug bei einer zu hohen Geschwindigkeit abbremsen musste. Melinda wurde zum nahe gelegenen Benrather Krankenhaus gebracht. Dort stellte man bei ihr eine Gehirnerschütterung, einen Wadenbeinbruch und weitere Blessuren fest. In dieser Klinik wurde sie gut versorgt. Als wir sie besuchten, lag sie wie ein Engelchen in ihrem Krankenbett.

Simone, unsere Zweitälteste, schnitt sich ihre Unterlippe auf. Hannelore klammerte die Wunde und legte ihr ein gefaltetes Küchenhandtuch darauf. Ich brachte beide zum Krankenhaus. Der Arzt, der Simones Verletzung versorgte, lobte Hannelore dafür, dass sie sich als Ersthelferin in dieser Angelegenheit vorbildlich verhalten hatte.

Die Ursache dieser Verletzung war folgende: Ich, ihr Papa, hatte nach der morgendlichen Nassrasur meinen aufgeklappten Rasierapparat mit der innen liegenden Rasierklinge zum Trocknen in einem oberen Regal abgelegt. Ort des Missgeschicks war die Spüle in unserer Küche. Kinderhände könnten den Rasierapparat nicht erreichen, dachte ich. Aber die kleine Simone, damals nach meiner Erinnerung drei Jahre alt, schaffte es jedoch, irgendwie einen Stuhl hin zur Spüle zu bewegen. Sie kletterte auf die Sitzfläche. Dann griff sie nach dem Rasierer. Sie wollte sich rasieren wie ihr Papa. Zum Glück war Hannelore sofort zur Stelle.

Unsere jüngste Tochter Babette stürzte einmal als kleines Mädchen zu Hause die Treppe hinunter. Diese Treppe führte zum Obergeschoss und war verhältnismäßig steil. Ich befand mich ganz in der Nähe des Geschehens und sah, wie sie auf halber Höhe nach unten zu Fall kam. Babette hatte wahrscheinlich ihr Gleichgewicht verloren. Sie purzelte, überschlug sich und kam mit ihren Füßen zuerst unten an. Leider war es mir nicht möglich, den Sturz zu verhindern. Ich war mir aber sicher, dass sie sich dabei nicht verletzte. Außer einer negativen Erfahrung nahm sie also keinen Schaden.

Unsere drei Mädchen sind liebenswerte Geschöpfe. Sie machten uns glücklich, indem sie uns, ihren Eltern, ihre Liebe spüren ließen. Gerade heute, da wir beide schon betagt sind, machen sie sich stets Sorgen um uns. Wir sind wirklich sehr stolz auf unsere Kinder! Die Kreativität, die jede von ihnen auf ihre eigene und ganz besondere Weise ausübt, versetzt uns immer wieder in freudiges Staunen.

Noch längst kein „altes Eisen"!

Zum 1. Oktober 1997 wurde ich durch meinen Arbeitgeber in den Vorruhestand versetzt. Schon mit 58 Jahren vom Berufsleben freigestellt zu werden, kam nicht nur bei den Stadtwerken Düsseldorf vor. Auch in vielen anderen Betrieben war das gängige Praxis unter Bundesarbeitsminister Norbert Blüm.

Ich bekam dann nach zwei Jahren schon meine Altersrente. Die zwei Jahre bis zum Eintritt des regulären Rentenalters überbrückte ich mit der Ablösesumme, die ich von meinem Betrieb ausgezahlt bekam. Diese Vorruhestandsregelung brachte mir zum Glück so gut wie keinerlei finanzielle Nachteile. Nur erhalte ich zeitlebens eine um fünf Prozent geringere Altersrente. Man kann nicht alles haben!

Vorruhestand, das klingt erst einmal gut. Daraus leitet sich jedoch auch der Begriff „Unruhestand" ab. Natürlich hat das viel mit eigenem Verschulden zu tun. Ich beispielsweise kam jeder Verpflichtung nach, nahm jegliche Aufträge bereitwillig an, machte Hilfsangebote. Ich hatte dazu ja nun genügend Zeit.

Von diesem Moment an begann ich auch mit der Betreuung meines Onkels Franz, einem der Brüder meiner Mutter. Diese Betreuung leistete ich ausschließlich alleine. Onkel Franz lebte mit seiner Lebensgefährtin Alma in Hagenburg in Niedersachsen. Tante Alma war erkrankt und bettlägerig. Sie lebte mit Onkel Franz in ihrem Haus, das einem Bauernhaus sehr ähnlich war. Almas jüngste Tochter, deren Mann und ihre gemeinsame Tochter lebten mit ihnen dort in einer Hausgemeinschaft.

Die Atmosphäre zwischen meinem Onkel und der jüngeren Familie war extrem angespannt. Ich reiste des Öfteren zu ihm nach Hagenburg, das landschaftlich sehr schön gelegen war nahe dem Steinhuder Meer.

Mir war schon beim ersten Besuch klar geworden, dass hier etwas geschehen musste, und zwar schon sehr bald. Onkel Franz, den wir alle nur Franz nannten, genau wie seine Lebensgefährtin für uns nur einfach Alma war, sagte eindringlich zu mir: „Hole mich hier weg!"

Franz war damals schon leicht dement, ein Eindruck, der sich allmählich erhärtete. Er war sehr belesen und hatte es in seinem Leben zu etwas gebracht. Er war ein sogenannter gestandener Mann, war großzügig und freigiebig. Auch gerechtes Handeln zeichnete ihn aus. Groß, hübsch und liebenswert, wie er war, war er einfach ein Hingucker. Franz war mit vier Geschwistern aufgewachsen. Eine Schwester, meine Mutter, mochte er besonders. Das beruhte bei beiden auf gegenseitiger Wertschätzung.

Außer mir hatte Franz noch drei weitere Neffen und vier Nichten. In den letzten Jahren hatte er mich und meine Familie am meisten kontaktiert. Wenn es beispielsweise um seinen halbrunden oder runden Geburtstag ging oder er seinen Verwandten etwas Gutes tun wollte, bat er stets mich, dazu ein Treffen zu koordinieren, vorzubereiten. Darum war es für mich selbstverständlich, dass ich ihn auf seinem letzten Lebensweg begleiten wollte. Unter seinen Verwandten gab es niemanden, der das hätte tun können oder wollen.

Aus diesem Grund beantragte ich die Betreuungspapiere beim zuständigen Amtsgericht Stadthagen.

Gleich danach besuchte eine Richterin dieses Gerichts die Lebensgefährtin Alma, um sich bestätigen zu lassen, dass ich, Alfred Heiser, Neffe des Franz Henrich, als sein künftiger Betreuer der Richtige sei und ob sie dies befürworte. Weil Alma grünes Licht gab, erhielt ich kurz nach diesem Besuch die Papiere, die mich zur Betreuung von Franz berechtigten. Laut Mitteilung des Amtsgerichts galt ich nun offiziell als „amtlich bestellter Betreuer". Bemerkenswert ist, dass ich es selbst war, der diese Betreuung plante und sie gewollt hatte.

Onkel Franz kehrt heim

Ich hatte die Absicht, Franz so schnell es ging nach Nordrhein-Westfalen umzusiedeln, um ihn in meiner Nähe zu haben. Außerdem ist Düsseldorf seine Geburtsstadt, in der er sich heimisch fühlte. Im rheinischen Hilden gab es ein mir bekanntes Altenheim. Es trug damals den Namen „Dorotheenheim". Dieses Haus wurde etwas später in „Dorotheenpark" umbenannt. Die Leiterin dieses Heims war eine sehr kompetente und kooperative Dame. Vom ersten Moment an genoss ich ihre Sympathie.

Schon bald holte ich Franz aus Hagenburg ab und reiste mit ihm zu diesem Heim, um ihn der Leiterin vorzustellen. Sie verwaltete auch eine Dependance des Dorotheenheims in Lank-Latum, einem Ortsteil von Meerbusch. Dieses Haus trug die Bezeichnung „Seniorenresidenz am Latumer See".

Da das Dorotheenheim in Hilden ein geschlossenes Haus war, kam es für Franz nicht in Frage. Diese Feststellung traf die freundliche Leiterin von sich aus, nachdem sie Franz selbst erlebt hatte und sich ein Bild von ihm machen konnte. Ihr Urteil deckte sich auch mit meinen Gedanken und dem Wunsch, wie Franz künftig wohnen sollte.

Deshalb verwies uns die Heimleiterin auf die Dependance in Meerbusch hin und versprach, Franz dort eine kleine Wohnung zu vermitteln. Sie legte uns einen Flyer hin, in dem die Residenz vorgestellt wurde. Das sah alles vielversprechend aus. Das Gebäude lag direkt am See, um den herum ein Weg führte. Da Franz sehr naturverbunden war, gerne seine täglichen Spaziergänge machte, war zumindest ich begeistert.

Danach warteten Franz in Hagenburg und ich zu Hause in Urdenbach geduldig die weitere Entwicklung ab. Doch wir mussten nicht lange warten. Denn schon wenige Tage nach unserem Besuch wurde ich mit der telefonischen Nachricht überrascht, in Kürze werde eine kleine Wohnung für Franz am Latumer See frei.

Dann dauerte es nicht lange, bis ich mit Hannelore nach Lank-Latum fuhr, um uns gemeinsam diese Wohnung für Franz vor Ort anzuschauen. Wir waren angenehm angetan von den Räumen. In den darauffolgenden Tagen unterschrieb ich den schon vorgefertigten Heimvertrag.

Wie man mich kennt, legte ich rasch dort Hand an. Ich entfernte Nägel aus den Wänden, spachtelte kleine Löcher zu und ergänzte den vorhandenen weißen Raumanstrich. Danach nahmen Hannelore und ich verschiedene Raummaße und machten uns Notizen. Schon bald machten wir uns auf den Weg, um Einrichtungsgegenstände und sonstige notwendige Dinge wie Hausrat einzukaufen.

Nach und nach richteten wir das Mansardenzimmer und das Badezimmer sehr gemütlich und wohngerecht ein. Ein sehr schönes kranken- und altersgerechtes Bett wurde uns von der Residenz zur Verfügung gestellt.

Bald war der ganz besondere Tag für mich als Betreuer gekommen. In aller Herrgottsfrühe starteten Hannelore und ich mit unserem Auto nach Hagenburg, um Franz mit Sack und Pack abzuholen. Es war deutlich zu spüren, dass es für ihn alles andere als ein schmerzlicher Abschied war!

Später besuchten wir Alma hin und wieder gemeinsam. Doch leider verstarb die Lebensgefährtin von Franz schon nach wenigen Monaten. Selbstverständlich nahmen wir an der Trauerfeier teil. Für Franz und uns war das die letzte Reise an den Ort, an dem mein Onkel schon eine ganze Weile nicht mehr gern gelebt hatte.

Durch die Betreuung von Franz und all meine anderen Aufgaben und Verpflichtungen raste die Zeit dahin. Da ich öffentlich bestellter Betreuer war, oblag mir die Pflicht, meinem beim Amtsgericht für mich zuständigen persönlichen Sachbearbeiter regelmäßig eine Buchführung vorzulegen, die einen unvorstellbaren Umfang hatte.

Franz besuchte ich ein- bis zweimal täglich an seinem neuen Wohnort in Lank-Latum. Da er immer wieder etwas verlegte, gehörte das Suchen von Dingen zu meinen regelmäßig wiederkehrenden Aufgaben. Einmal musste ich sogar sein Gebiss suchen. Letztendlich kletterte ich in einen Müllcontainer des Heimes. Dort fand ich es nach einigen Wühlvorgängen wieder. Mein Gott, wie hatte ich bis dahin gelitten. Unvorstellbar, wenn ich es nicht mehr gefunden hätte!

Aber nicht nur Dinge wie Geld und sonstige Sachen, die Franz verlegt hatte, musste ich suchen, sondern gelegentlich auch meinen lieben Franz selber. Aber da ich nie aufgab, fand ich auch ihn stets wohlbehalten wieder.

Gnade des Himmels

Die Betreuung von Franz ging lückenlos weiter. Wie erwähnt, gab es zwischen der Seniorenresidenz und meinem Zuhause eine Entfernung von rund 40 Kilometern. Diese Strecke hin und zurück zu fahren ergab also 80 Kilometer. Und es kam nicht selten vor, dass ich zweimal am Tag dorthin musste.

Franz verreiste für sein Leben gern. Deshalb unternahm ich mit meinem Onkel kürzere und längere Reisen. Einmal fuhren wir sogar bis Niederösterreich. Über Schmerzen wegen des langen Sitzens im Auto oder das notwendige Ein- und Aussteigen klagte er kaum, denn er war hart im Nehmen. Er hatte viele Freunde, die über ganz Österreich verteilt waren. Dazu gehörten mindestens drei Weinbauern bzw. Winzer, bei denen er sich gerne reichlich mit Wein und Sliwowitz eindeckte. Die dort erstandenen Flaschen nahm er gern als Mitbringsel zu Besuchen mit und verschenkte sie. Überdies war er in Sachen Wein und Obstbrand auch kein Kostverächter, sondern Genießer.

Erwähnenswert ist auch, dass Hannelore und ich durch ihn und Tante Else, seine erste Ehefrau, und später auch gelegentlich mit seiner Lebensgefährtin Alma Österreich kennen lernten, und da besonders die Steiermark. Tante Else verstarb viel zu früh und völlig unerwartet in einem Hospital in Wien. Möglicherweise war die Ursache eine falsche ärztliche Behandlung.

In meinem Betreuungsalltag mit Franz tauchte eines Tages plötzlich ein Problem auf. Ich erhielt von der Heimleitung telefonisch die sehr beunruhigende

Nachricht, mein Onkel sei in ein Krankenhaus in Krefeld eingeliefert worden.

Wie kam es dazu? Die Heimleitung in Lank-Latum hatte den Hinweis erhalten, ihr Bewohner Franz Henrich sei auf einer nahegelegenen Autobahnbaustelle orientierungslos aufgefunden und in die Obhut einer Polizeistreife übergeben worden. Die Beamten brachten Franz dann auf Bitten der Heimleitung in das erwähnte Krankenhaus. Die Verantwortlichen der Seniorenresidenz waren dann jedoch besorgt, weil sie Franz' Einweisung ohne meine ausdrückliche Erlaubnis als sein Betreuer veranlasst hatten. Sie behaupteten, sie hätten mich nicht erreichen können. Im Nachhinein entlastete ich sie.

Ich begab mich unverzüglich auf die Reise nach Krefeld! Im Krankenhaus angekommen, entdeckte ich Franz in einem geschlossenen Wartesaal. Im selben Moment erblickte er mich auch schon und sagte ganz erregt nur: „Jetzt habe ich aber Mist gebaut." Ich beruhigte ihn und erwiderte: „Franz, ich hole dich hier raus."

Bei einem Gespräch, das ich mit einem zuständigen Arzt führte, sagte dieser, er müsse meinen Onkel für einige Wochen zur Beobachtung im Krankenhaus behalten. An der Entscheidung des Arztes konnte ich nichts ändern.

Ich wusste, dass Franz in diese Situation geraten war, weil ihn alles interessierte, was mit Baustellen zu tun hatte. Die Heimleitung nahm den Vorfall zum Anlass, die Wohnsituation meines Onkels zu verändern. Denn ihnen war genauso bewusst wie mir, dass die anfängliche Demenz sich bei Franz mit großen Schritten zur Alzheimer Krankheit entwickelte.

Während seines gut fünfwöchigen Aufenthalts im Krankenhaus besuchte ich Franz regelmäßig. Dabei begleitete mich Hannelore mehrmals. Natürlich traf ich mich zwischendurch auch mit der Heimleitung der „Seniorenresidenz am Latumer See", die mir wohlwollend vorschlug, es sei besser für meinen Onkel, ein Einzelzimmer im Hildener „Dorotheenpark" für ihn einzurichten. Der Arzt in Krefeld hatte nämlich für die Entlassung von Franz zur Bedingung gemacht, er müsse in einem geschlossenen Heim untergebracht werden.

Dafür war das Haus „Dorotheenpark" dieses Mal genau das richtige. Ich konnte nun nach fünf Wochen Zwischenaufenthalt in Krefeld mein sogenanntes Mündel in sein letztes Zuhause vermitteln. Für mich wurde dadurch alles ein wenig leichter. Hilfe beim Betreuen erhielt ich durch meine liebe Gattin, durch meine Schwester Loni und seltener durch meinen Bruder Heinz und seine Frau Hannchen.

Nachdem Franz nunmehr ein halbes Jahr in meiner Nähe wohnte, holte der liebe Gott ihn zu sich. Für ihn hatte das Weiterleben zum Schluss nichts Lebenswertes mehr. Er wurde stark inkontinent. Als er bereits zwei Wochen teilnahmslos in seinem Bett lag, kaufte ich für ihn in einem Dritte-Welt-Laden einige Mobiles und montierte sie für ihn unter die Zimmerdecke, denn dort schaute er ständig hin.

Genau drei Stunden vor seinem Ableben sollte ich die Entscheidung treffen, ihn ins Krankenhaus zu verlegen. Ich ging mit sehr schwerem Herzen nach Hause, um eine für seinen Zustand angemessene Entscheidung zu treffen. Nach Ablauf dieser drei Stunden erhielt ich die Nachricht, Franz sei gerade friedlich für immer eingeschlafen. Da meinte es der

Himmel gut mit ihm und wieder einmal auch sehr gut mit mir.

Ich hatte mit meinem guten Onkel so viel erlebt, und mich verband auch vieles mit ihm! Ich weinte jämmerlich, und es vergingen auch noch Monate der Trauer um ihn. Dabei hatte ich ein unvorstellbares Wechselbad der Gefühle zu verkraften.

Weil Franz anlässlich seiner Pensionierung Wahlösterreicher geworden war, war ich gezwungen, nicht nur in Düsseldorf, sondern auch in der Steiermark eine Trauerfeier für ihn abzuhalten. Franz' Urne wurde in seine Wahlheimat überstellt und neben der Urne seiner früheren Ehegattin Else bestattet. Diesen Wunsch von Franz zu erfüllen, war für mich eine Ehrensache. Beide wurden somit wieder vereint. Sie liegen auf einer Grabstätte oberhalb ihrer Almhütte in der Steiermark unter einer prachtvollen Zirbe.

Die Abwicklung der Nachlass-Sache hatte ich natürlich auch noch zu schultern. Die Verwandten und Kinder seiner verstorbenen Lebensgefährtin Alma bereiteten mir noch einige Zeit erhebliche Schwierigkeiten. Aber auch hierbei genoss ich die Rückendeckung des Landgerichts Langenfeld, das wegen seines letzten Wohnorts Hilden sowohl für die Nachlassverwaltung von Franz als auch für mich als sein Betreuer zuständig war.

Leben ist Schmerz und Freude

Der Kampf um ein menschenwürdiges Leben im hohen Alter meines Onkels Franz und die Trauer um sein Ableben soll nicht darüber hinwegtäuschen, dass auch viel Erfreuliches in meinem, in unserem Leben passierte.

Am 20. Dezember dieses bewegten Jahres 2000 wurden Hannelore und ich Großeltern! Unsere Tochter Simone gebar ein Mädchen. Als sie am am 7. Juli des Jahres ihren Liebsten, den Christian Nowag, geheiratet hatte, war sie schon schwanger. Dieses Mal hatte allerdings die romantische Fahrt mit einer weißen Hochzeitskutsche das Ereignis verschönert.

Die Hochzeitsfeier fand in einer Villa in Düsseldorf-Holthausen statt, die Melinda von ihrem Arbeitgeber, der Firma Henkel, angemietet hatte. Die Trauung wurde feierlich in einer kleinen idyllischen Kirche in Düsseldorf-Itter zelebriert.

Es war das zweite Mal, dass eine unserer Töchter „unter die Haube" kam, wie es der Volksmund sagt. Als Brautvater hielt ich eine Rede an das Brautpaar und an seine Gäste. Auch diese Hochzeit war für uns als Brauteltern und für alle Beteiligten ein traumhaft schönes Erlebnis.

Die Geburt unserer Enkelin war aber die Krönung! Allein zu wissen, dass Mutter und Tochter wohlauf waren, machte uns überglücklich. Hatten wir doch endlich ein Enkelkind! Simone und Christian gaben ihr den Namen „Sina Anna-Sarafina".

In den Jahren vor ihrer Einschulung war Sina unser Sonnenschein. Eine Enkelin, wie man sie sich nur erträumen konnte. Opi und Omi, wie sie uns nannte, waren bemüht, ihr freundliches und hübsches Wesen zu untermalen. Wir taten alles für sie, und das mit ganzer Hingabe.

Doch neben dem sonnigen Dasein glücklicher Großeltern forderte auch unser Haus wieder seinen Tribut. Mitte des folgenden Jahres sanierte ich alleine unsere sämtlichen Dächer. Ich begann damit am First unseres Hauses und beendete die Sanierungsarbeiten mit dem Dach unserer Garage. Man muss sich das so verstellen: Unser Haus war mit Frankfurter Dachziegeln bestückt. Die Beschichtung der Ziegel wurde mit den Jahren bis auf ihren Grund durch Niederschlag abgewaschen. Ich versiegelte nun jede einzelne in drei Arbeitsgängen. Alle restlichen Eindeckungen teerte ich zweimal, erneuerte die Abschlüsse, und schließlich schloss ich mit Abdichtungen verschiedenster Art die Sanierung ab.

Im Jahr 2002 nahmen wir uns den Bau einer Loggia hinter unserem Haus vor. In unserer Wohnnähe gab es eine Edelstahlbaufirma. Mit dem Inhaber dieses Unternehmens verhandelte ich über diese bauliche Maßnahme. Die Konstruktion, bestehend aus Vierkant-Edelstahlrohr mit drei Stützpfeilern, wurde mit der Hinterhauswand verbunden. Die Loggia wirkte optisch sehr schön. Sie überdachte eine Gesamtfläche von rund zwanzig Quadratmetern. Da ich wieder Eigenleistung erbringen konnte, fiel auch in diesem Fall der Preis für die Hausverschönerung günstig aus!

Großelternfreuden und -pflichten

Für unsere Enkelin Sina baute und bastelte ich, wo immer ich Bedarf sah. So konstruierte ich ihr eine Brücke über den vorhandenen Gartenteich. Diese Sache kam bei ihr sehr gut an. Oftmals legte sie sich auf diese Brücke, ließ ihre Ärmchen baumeln, und die im Teich lebenden Fische „küssten" ihre kleinen Finger. So jedenfalls erzählte es uns Sina freudestrahlend.

Wir bewohnten ja eine Doppelhaushälfte. Zum Nachbargrundstück bestand eine Mauer und im Anschluss daran ein Holzflechtzaun. Sina konnte deshalb nicht sehen, wie es bei den Nachbarn ausschaut, geschweige denn sich die Menschen vorstellen, wenn sie deren Geräusche hinter Mauer und Zaun hörte. Die wachsende Neugierde merkte man ihr an.

Also baute ich ihr einen Hochsitz. Dieser hatte ein kleines Tor, ausgestattet mit einem Riegel. Ich hob sie dann und wann auf den Hochsitz, und sie schob den Riegel vor. Die Sicherheitsvorkehrung griff somit und schützte Sina vor dem Herunterfallen.

Eine große Doppelschaukel besaßen wir schon seit Jahren. Sie war mit Kugellageraufhängungen versehen, ein Gesellenstück des Nachbarn Ralf Holtschneider. Einmal jährlich wurden die vier Kugellager geölt, damit sie nicht einrosteten.

Als Sina noch klein war, saß sie in einer Sitzschale mit Sicherheitsgurt. Dann nahm ich ihre Füßchen in meine Hände und schob sie an. Immer wenn sie auf mich zukam, sprang ich zur Seite. Dabei hatte sie großen Spaß und jauchzte.

In unserer Nachbarschaft gab es ein Kletterhaus mit einer Rutsche. Die Kinder dieser Nachbarn waren schon herangewachsen und benutzten diese Anlage nicht mehr. Ich hatte einen „guten Draht" zur Nachbarin, wie man zu sagen pflegt. Sie bot mir an, diese Anlage bei ihnen zu demontieren und in unserem Garten wieder aufzubauen. Das sagte sie zu keinem Dummen. Schon bald realisierte ich dieses nette Angebot.

Die Rutsche war natürlich eine Attraktion! Man kann es sich leicht ausmalen, wie begeistert unsere Enkelin das alles annahm.

Melinda heiratet ihren Prinzen

Im Jahr 2005 wurde wieder eine Hochzeit gefeiert. Unsere Tochter Melinda hatte auch ihren Prinzen gefunden – „Prinz Arno". Die beiden hatten sich auf der Arbeit kennen gelernt, da beide bei der Firma Henkel beschäftigt waren. Arno gehörte der Werksfeuerwehr an. Er war dort sehr beliebt und hatte es weit gebracht. Titel: „Brandingenieur". Er war Stellvertreter seines Chefs, der die Herrschaft über zweihundert Mitarbeiter hatte. Das waren so viele Mitarbeiter, weil der Feuerwehr auch der Werksschutz zugeordnet war.

Melinda war zur Zeit des Kennenlernens für den Einkauf von Spezialgerät zuständig. Dazu gehörten Supergabelstapler, aber auch Löschfahrzeuge für die Werksfeuerwehr. Bei der Überführung eines modernen Löschfahrzeuges aus der Schweiz, wohin beide in Wahrnehmung ihrer beruflichen Aufgaben reisten, hatte es bei den beiden gefunkt. Es entstand eine große Liebe!

Nun stand also ihre Hochzeit an. Diese erlebten wir Verwandten nebst Freunden mit dem Brautpaar in der Burg Schnellenberg in Attendorn. Unsere Enkelin Sina durfte ihr Führengelchen sein.

Die Trauung und anschließende Feier fiel sehr romantisch aus. Die Umgebung der Burg sprach für sich. Alles in allem – einfach märchenhaft. Anmerken möchte ich noch, dass das Brautpaar auch die Übernachtung all seiner Gäste finanzierte.

Arno ist heute schon Pensionär. Sein ehemaliger Betrieb fordert ihn gelegentlich an, beispielsweise wenn sich ein Chemieunfall ereignete; nicht nur vor Ort in Deutschland, sondern auch in Nachbarländern. Sein fachliches Wissen ist genial und einfach sehr gefragt. Deshalb führt er auch heute noch ab und zu Schulungen für Feuerwehranwärter und Auszubildende anderer Behörden durch.

Gegenseitige Dankbarkeit

Als ich Franz, meinen Onkel, betreute, da stellte mir eines Tages meine Schwester Loni die Frage: „Wer wird mich denn mal betreuen?" Sie bedachte in diesem Moment nicht, dass Franz ja nicht ewig leben würde.

Im Jahr 2007 erwies sich Lonis bange Frage als weitsichtig. Denn nun war es soweit. Meine Schwester Loni benötigte nun auch eine pflegerische Betreuung. Wer, außer mir, kam da wohl in die engere Auswahl? Keine Frage, ich war dazu bereit!

Loni hatte ich in meinem Leben vieles zu verdanken. Im familiären Alltag sprang sie oftmals für unsere geliebte Mutter ein, wenn sie wieder einmal unter ihren chronischen Kopfschmerzen litt. Es galt dann, meine Schwester Anna und mich wie auch unseren behinderten Bruder Bubi zu beaufsichtigen und zu versorgen. Auf Loni konnte sich Mutter immer verlassen.

Es begann also allmählich die für mich selbstverständliche Betreuung meiner Schwester. Als Verwandter ersten Grades brauchte ich in diesem Fall keine amtliche Betreuung zu beantragen. Nach den aufreibenden Erfahrungen mit der Betreuung von Onkel Franz wollte ich mir das auch kein zweites Mal antun!

Ich glaube, jeder, der Ähnliches schon geleistet hat, versteht, was ich damit meine.

Ich betreute Loni lange Jahre zu Hause in ihrer Wohnung. Sie musste täglich einen aus neun verschiedenen Medikamenten bestehenden Cocktail einnehmen. Wegen der Zuckererkrankung Diabetes mellitus Typ 2 erhielt sie zusätzlich noch eine Insulinspritze.

Eines ihrer Probleme – und somit auch meines – war, dass Loni sehr schlecht aß, also viel zu wenig. Ich hatte Sorge, dass die Einnahme bzw. Verabreichung der Medizin schlimme Zustände bei ihr verursachen würde. Dem war jedoch nicht so. Im Großen und Ganzen war Loni für mich als ihr Betreuer eine pflegeleichte Person. Wir mochten uns und hatten auch Spaß miteinander.

Eines Tages zeigte sich eine Geschwulst an ihrer rechten Halsseite. Natürlich konsultierte ich mit ihr einen entsprechenden Mediziner. Die Anschwellung schritt bedrohlich schnell voran. Sie hielt ihren Kopf entsprechend schräg. Die Ärzte diagnostizierten bei ihr Lymphdrüsenkrebs und verordneten deshalb eine Kobaltbestrahlung, mit der schon bald begonnen wurde. Diese Maßnahme war für sie eine regelrechte Qual.

Das alles war auch für mich sehr aufwendig. Bei Loni zeigte sich allmählich eine leichte Demenz, und zusätzlich verursachten die vielen Medikamente bei ihr Irritationen. Durch die kraftraubenden Wege der medizinischen Behandlung, die sie durchschreiten musste, war meine Schwester oft irritiert. Aber was auch immer ich für Loni als notwendig erachtete, sie ließ sich ganz gut führen und durchlitt alle qualvollen Behandlungen folgsam.

Durch die Bestrahlungen verlor sie leider auch noch den letzten Appetit. Deshalb setzte man ihr operativ eine PEG-Magensonde ein, über die sie künstlich ernährt wurde. Bei Bedarf konnte sie aber auch Nahrung herkömmlicher Art zu sich nehmen. Das ging auch alles ganz gut vonstatten.

Da eine Demenz klar erkennbar wurde, musste Loni bald in einem Altenheim angemeldet werden. Ich leitete dahingehend alles Notwendige ein. Etwa zur Hälfte der Strahlentherapie wurde ganz bei uns in der Nähe in einem Alten- und Pflegeheim in Düsseldorf-Garath ein Platz für sie in einem Doppelzimmer frei. Das kam ziemlich kurzfristig für mich, geradezu schwindelerregend schnell, aber ich schaffte es, Loni dort unterzubringen.

Nach nunmehr drei Jahren der Betreuung in ihrer Wohnung empfand ich mehr und mehr Entlastung. Nur der zeitlich aufwendige Bestrahlungsprozess gegen den Lymphdrüsenkrebs blieb ein Problem. Die Leiterin des Wohnbereichs in dem Seniorenheim, in dem meine Schwester nun lebte, eröffnete mir eines Tages, ich sei ab jetzt von der Begleitung meiner Schwester zu ihrer Bestrahlung befreit. Dafür sei nun das Heim zuständig. Kurze Zeit später verlangte dieselbe Leiterin jedoch von mir, ich müsse meine Schwester wieder selbst zur Bestrahlung ins Klinikum nach Düsseldorf begleiten, es fehle ihrem Haus dafür schlicht das Personal. Sonderbar! Natürlich übernahm ich diese Aufgabe weiterhin gern. Loni hatte ja auch nur zu mir, ihrem Bruder, Vertrauen. Es machte mich glücklich, wenn Loni mir anzeigte, dass sie zufrieden war.

Im Altenheim fügte sie sich in die Gemeinschaft ein und akzeptierte ihren Platz. Mir war auch bewusst, dass ich sie oft besuchen musste, denn meine Gegenwart gab ihr ein Gefühl der Sicherheit.

Meine Pflichten als Lonis Betreuer waren auch weiterhin zeitaufwendig. Gemeinsam besuchten wir

Menschen, die sie noch erkannte. Besonders gern besuchten wir Hannelore in unserem Zuhause. Dort hatte Loni ja auch als junges Mädel gelebt, weswegen ihr diese Besuche sichtlich guttaten. Ich fuhr sie auch mit unserem Auto zum Rhein. Wir hatten eine Wolldecke dabei, um sie beim Sitzen auf einer Bank am Flussufer gegen Wind und Kühle zu schützen. Wir sprachen viel miteinander. Wenn ich dabei meinen Arm um ihre Schultern legte, konnte ich merken, wie gut ihr das tat.

Eine äußerst erfreuliche Entwicklung zeigte sich nach Lonis zahlreichen Bestrahlungen. Die angsteinflößende einseitige Anschwellung an ihrem Hals hatte sich größtenteils zurückgebildet. Nun konnte ich aufatmen. Die Bestrahlungen hatten ein Wunder bewirkt!

Ich besuchte Loni regelmäßig, wie auch meine Frau es tat. Wenn Loni mich kommen sah, schaute sie mich jedes Mal wie verliebt an. Ich nahm sie dann in den Arm, und mir war es peinlich, wenn sie mich ihren Mitbewohnern dann immer wieder aufs Neue als ihren Bruder vorstellte. Die meisten der Leute wussten das ja schon. Auf unseren Spaziergängen schwelgten wir gern in Erinnerungen an vergangene Zeiten.

Das „junge" Goldhochzeitspaar

In diese Zeit, in der ich Loni pflegerisch betreute, fiel unsere Goldhochzeit. Hannelore und ich hatten das große Glück, unsere Goldhochzeit erleben zu dürfen. Diese fünfzig Jahre waren nicht immer leicht. Das Glück unserer Ehe empfanden wir in diesen langen Jahren jedoch lückenlos.

Herr Pastor Heiliger aus unserem Dorf Urdenbach, hatte schon unsere Tochter Simone und ihren Christian vermählt. Dies geschah, wie ich schon erwähnte, im Jahr 2000 in einer kleinen Kirche in Düsseldorf-Itter. Als in dieser Ehe unsere Enkelin Sina zur Welt kam, wurde sie auch von Herrn Pastor Heiliger in der Urdenbacher Kirche getauft.

Er war als Sympathieträger über die Ortsgrenzen hinaus bekannt und sehr beliebt. Als er in Pension ging, zog er in seine Heimatstadt Bad Neuenahr zurück. Wie wir erfuhren, hielt er in einem Nonnenkloster in der Nähe seines Wohnsitzes hin und wieder einen Gottesdienst ab.

Wir nahmen Kontakt mit ihm auf und brachten ihm gegenüber unseren Wunsch zum Ausdruck, dass er unser erneutes Eheversprechen in einer Andacht im Klarissenkloster Bad Neuenahr-Ahrweiler segnen möge. Herr Pastor Heiliger sagte, das würde er gerne tun.

Wir nannten ihm das Datum unserer Goldhochzeit. Er sagte uns zu, für den Sonntag, der zwei Tage später auf dieses Datum folgte, würde er diese Segnung unseres erneuten Eheversprechens einplanen.

Mit Spannung erwarteten wir diesen Tag.

Hannelore und ich hatten uns ja an der Ahr kennen gelernt. Deshalb wollten wir auch genau dort im Ort Mayschoß an der Ahr, wo es damals richtig zwischen uns beiden gefunkt hatte, im kleinen Kreis unserer Familie das goldene Ehejubiläum feiern.

Dazu wählten wir das Hotel Lochmühle, das sich genau in diesem Ort befindet. Unsere drei Töchter leisteten hierzu gute Arbeit. Sie organisierten das Fest in diesem Hotel. Sie überraschten uns zunächst beim Eintreten in den Festraum. Der war wunderbar mit verschiedenen Dekorationen verschönert worden.

Später, nach unserem Festmahl, erfuhren wir nach und nach, welche Einfälle unsere Kinder hatten. Sie wollten uns in vielerlei Hinsicht Freude bereiten. Ihre Absicht war, uns zu überraschen und uns froh zu stimmen. Sie wollten uns einfach glücklich sehen, was ihnen auch auf großartige Weise gelang. Unser Schlafgemach konnten wir kaum betreten, da dort unzählige Luftballons in roter Herzform angeordnet waren.

Auf der Feier wurden Reden gehalten und Spiele durchgeführt. Wir alle waren in einer prächtigen Stimmung. Die einzige Enttäuschung, dass Herr Pastor Heiliger plötzlich erkrankte und die Zeremonie im Nonnenkloster abgesagt werden musste, hatten wir alle schon verschmerzt. Nach der Übernachtung im Hotel Lochmühle reisten wir bei guter Laune zufrieden wieder nach Hause.

Genau zwei Wochen später durften wir dann zu diesem Klarissenkloster anreisen. Dieses Mal nur wir beide. Das war so auch in Ordnung. Schließlich betraf die Sache ja nur Hannelore und mich. Herr

Pastor Heiliger hielt nach seiner Genesung wieder eine Andacht im Nonnenkloster.

Vor Ort führte uns der Weg geradewegs ins Gebäude hinein. Wir verweilten unter Nonnen und den anderen Besuchern dieser in Kürze beginnenden Messe. In seiner Predigt kündigte der Herr Pastor ein Goldhochzeitsbrautpaar an und erklärte, dass dieses Paar sich einst an der Ahr kennen gelernt hat. Nachdem er diese Worte ausgesprochen hatte, beobachteten wir die Besucher der Andacht. In einem Sitzbereich saßen die Klarissen-Nonnen. Man sah, dass sich einige Besucher bemühten, das erwähnte Brautpaar auszumachen. In diesem Zusammenhang drängt sich mir ein wenig Eigenlob auf, das mir eigentlich fernliegt, aber hier gedanklich nicht ganz zu vermeiden ist. Denn sicher suchten die nach uns Ausschau Haltenden nach einem „alt aussehenden Goldhochzeitspaar". Dass sie aber nicht sofort auf uns kamen, scheint zu bestätigen, dass wir diesem Klischee wohl nicht entsprachen.

In seiner Predigt wies Pastor Heiliger auf unseren Wunsch hin, unser erneutes Eheversprechen von ihm segnen zu lassen. Der Herr Pastor bat uns, zu ihm nach vorne zu kommen. Wir erhoben uns und schritten zum Altar. Als alle Blicke auf uns gerichtet waren, errötete ich leicht. So viel nette Aufmerksamkeit war ich, waren wir nicht gewohnt.

Der Pastor vermittelte uns in die richtige Position. Dann legte er unsere Hände aufeinander, fügte seine Hand obenauf und erteilte uns mit feierlichen Worten seinen Segen. Wir spürten, wie wir beide eine Gänsehaut bekamen, weil uns diese feierliche Zeremonie zutiefst ergriff.

Beide trugen wir schon unsere neuen goldenen Eheringe an den Ringfingern. Hannelores Ring zierte ein winziger funkelnder Diamant. Die Trauringe hatte ich schon vor Monaten gekauft, um mit ihnen die Liebe zu meiner goldenen Braut zu unterstreichen. Mit der Segnung durch Herrn Pastor Heiliger hatten unsere vor vierzehn Tagen gemeinsam mit unseren Kindern begonnenen Goldhochzeitsfeierlichkeiten einen besonderen Höhepunkt erreicht.

Loni, meine geliebte Schwester

Nach etwa zwei Jahren, die meine Schwester Loni bereits im Heim verbrachte, wurde ich darauf vorbereitet, dass es mit ihrem Leben zu Ende ginge. Sie wurde im Bett liegend ruhiggestellt, eine gängige medizinische Maßnahme in einem solchen Stadium. Wenn ich oder wir sie besuchten, trafen wir sie meistens schlafend an. Es war für mich befremdend, dass sie mich bei den letzten Besuchen, auch wenn sie wach war, kaum noch richtig wahrnahm. Sie atmete sehr tief mit einem röchelnden Geräusch.

Eines Abends, als Hannelore und ich Loni wieder besuchten, hatte ich so ein Gefühl, dass sie nicht mehr lange leben würde. Wir beschlossen deshalb, bei ihr zu bleiben, ohne zu ahnen, dass es schon ihr letzter Abend sein würde.

Als die Nachtschwester das Zimmer betrat, meinte sie es gut mit uns und riet uns, ruhig nach Hause zu gehen. Sie sei die ganze Nacht im Dienst, würde regelmäßig nach Loni schauen und uns im Bedarfsfall telefonisch herbeirufen. Wir schenkten ihr unser Vertrauen und gingen nach Hause.

Am folgenden Morgen klingelte bei uns sehr früh das Telefon. Hier sei die Nachtschwester von Frau Rößler, sagte sie, und fuhr fort: „Ihre Schwester ist heute ganz früh verstorben. Mein herzliches Beileid. Sie ist ganz ruhig für immer eingeschlafen."

Diese Nachricht schmerzte. Ich machte mir selbst große Vorwürfe, dass ich nicht meinem Gefühl gehorchend bei Loni geblieben war. Nun blieb mir nichts anderes übrig, als mit einem Gebet Abschied von meiner geliebten Schwester zu nehmen, wobei mir dicke Tränen über die Wangen flossen.

Am 23. November 2012 hatte Lonis gutes Herz zu schlagen aufgehört.

Ein Swimmingpool für Sina

Mit dem neuen Jahr 2013 konnte ich mich wieder stärker unserem Familienalltag widmen und folgte nun einer schon länger gehegten Idee. Ich setzte den Plan um, für unsere Enkelin einen Swimmingpool aufzubauen. Dazu richtete ich hinter unserem Haus eine Hoffläche her. Nach dem Kauf des Pools und vor seinem Aufbau verlegte ich zuallererst einen Untergrund, der als Schutz dienen sollte. Weil der Pool aus gummiertem Material bestand, befürchtete ich, dass ohne diesen Schutz kleine Sandkörnchen den Unterboden beschädigen könnten.

Eine Filteranlage zur Reinhaltung des Wassers war zwar im Lieferumfang enthalten, mir erschien sie aber als zu klein und zu primitiv. Ich sollte Recht behalten. Bereits nach fünf Tagen Betrieb verfärbte sich das Badewasser grünlich. Also konstruierte ich eine größere Filteranlage, die zu meinem großen Glück erfolgreich arbeitete. Wir hatten während der Badesaison immer sauberes und gut riechendes Wasser im Pool. Die Enkelin und der Opi, natürlich auch die Omi sowie Sinas Freundin konnten nun regelrechten Badespaß genießen!

Im Spätsommer eines jeden Jahres demontierte, trocknete und reinigte ich unseren Pool. Wieder sorgfältig im Lieferkarton eingepackt konnte er dann überwintern, bis ich im Mai des Folgejahres die gesamte Anlage wieder aufbaute und sie uns wieder sehr viel Spaß bereitete.

Im Herbst des Jahres 2013 sprach ich mit Hannelore über meinen Wunsch, unseren PKW zu verkaufen. Meiner Meinung nach verursachte der Wagen für unsere Verhältnisse zu hohe Kosten; wofür besonders einige größere Reparaturen verantwortlich waren. Mich prägte dabei ein gewisser Stolz, unseren Alltag auch ohne einen Wagen meistern zu können. Ich erklärte meiner Frau, dass es uns angesichts der Kostenersparnis leicht fallen würde, hin und wieder ein Taxi zu nehmen. Außerdem wäre ich auch in der Lage, mit meinem Fahrrad leichte Dinge zu transportieren. Und sollte mal für Haus und Grund ein Zaunelement oder sonstiges sperriges Material zu transportieren sein, könne man sich bei dem in Frage kommenden Baumarkt ja gegen eine geringe Gebühr einen Sprinter ausleihen. Hannelore reagierte positiv und sagte: „Es käme auf einen Versuch an. Ich könnte damit auch leben."

In der Praxis zeigte sich erfreulicherweise, dass Verwandte und Freunde auch schon mal ihr Auto einbrachten, indem sie es uns entweder borgten oder sie uns chauffierten. Aber viele Wege erledigte ich auch mit meinem Fahrrad.

Das Schicksal nimmt seinen Lauf

Eines schönen Tages wollte ich mir einen Winkelschleifer kaufen, der in einem Baumarkt zu einem Niedrigpreis angeboten wurde. Am 5. Juli 2016 machte ich mich auf den Weg zum Baumarkt Hellweg in Monheim. Der Morgen war sonnig und ideal für eine Fahrradtour.

Ich befuhr in Baumberg bei Monheim einen mit Gras bewachsenen Feldweg und benutzte eine Spur eines Traktors. In diesem abschüssigen Gelände nahm ich an Fahrt auf. Die Spur, auf der ich mich befand, wurde unübersichtlich, und so wechselte ich bei vollem Tempo auf die parallel verlaufende zweite Spur. Dabei übersah ich jedoch leider eine tiefe Mulde.

Ab dieser Stelle entschied sich mein guter Drahtesel zum Stopp. Ich flog durch die Luft! Kopfhöhe über zwei Meter. Ich schlug zunächst mit dem Kopf auf, dann erst mit meinem restlichen Körper. Der Lehmboden schien knochenhart. Ich blieb wie benommen am Boden liegen. Kein Mensch in der Nähe, der meinen Sturz gesehen hätte. Zum Glück wurde ich nicht ohnmächtig. Nach einigen Minuten richtete ich mich wieder auf. Ich war schwer verletzt, dessen war ich mir sicher. Aber durch den Schockzustand nahm ich das nicht so wahr.

Ich begutachtete mein Fahrrad. Einige Teile waren stark beschädigt und verbogen. Nach einigen Tests, was noch funktionierte, konnte ich das Rad wenigstens schieben. Ich wollte mich nicht noch weiter Richtung Baumberg bewegen, sondern möglichst bald einen Arzt aufsuchen. Ich schlug also den

Weg in Richtung der Notfallambulanz des nahegelegenen Krankenhauses ein.

Nach dem kurzzeitigen Schieben meines Fahrrades probierte ich dann doch noch, wieder aufzusteigen und den Rest der Strecke zu fahren. Es ging, wenn auch nur schwer, dafür war ich etwas schneller. Sobald ich eine Sitzgelegenheit sah, machte ich eine Pause. So ging es zwar langsam, aber sicher voran. Unter einigen Mühen erreichte ich die Ambulanz und schilderte das Unfallgeschehen. Der untersuchende Arzt beruhigte mich und sagte mir, ich hätte mir keine Fraktur zugezogen.

Nach Abschluss der Untersuchung erhielt ich die Papiere für die Weiterbehandlung. Ich nahm mein Rad und bewegte mich nach Hause. Gedankenvertieft glaubte ich, mein Sturz sei doch noch glimpflich verlaufen. Das glaubte ich aber nur! Denn unterwegs wurden die Schmerzen immer stärker. Daheim angekommen, schilderte ich Hannelore meinen Sturz. Sie war sehr betroffen und bemühte sich rührend um mich.

Nach allem, was ich in den folgenden Wochen erleiden musste, erwiesen sich die erste Untersuchung und die ärztliche Diagnose jedoch als oberflächlich, wenn nicht sogar als Farce, so meine Meinung!

Ungeahnte Folgen eines Unfalls

Am nächsten Tag suchte ich in Begleitung meiner Frau meine Hausärztin auf. Sie überwies mich zu einem mir schon bekannten Chirurgen in Neuss. Nach Betrachten meiner Röntgenunterlagen macht er sofort einen Termin zur Operation. Ich klagte neben vielen anderen Beschwerden vor allem über starke Schmerzen in beiden Schultern. Wie die jetzt offenbar sorgfältigere Untersuchung ergab, war in meiner rechten Schulter die Supraspinatussehne gerissen.

Den Facharzt in Neuss kannte ich schon. Er hatte mich 2014 per Arthroskopie schon einmal operiert. Damals ging es um meine linke Schulter. Nach der Operation hieß es, die Supraspinatussehne sei „rupturiert" gewesen, habe also Risse aufgewiesen. Der Mediziner gab mir damals mit seinem chirurgischen Können die schmerzfreie Funktion meiner linken Schulter zurück.

Für die Operation meiner rechten Schulter hatte ich nun drei Monate Wartezeit hinzunehmen und musste viel Geduld beweisen. Während dieser langen Zeit litt ich unter extremen Schmerzen in beiden Schultern. Die ganze Zeit konnte ich meine zehn Finger nicht schmerzfrei, manchmal aber auch gar nicht benutzen. Die Schmerzen strahlten enorm in beide Arme aus. Wegen dieser Beschwerden wurde ich von einem Neurologen behandelt, allerdings sehr schleppend. Die Prellungen, die ich mir am 5. Juli bei dem Fahrradunfall zugezogen hatte, heilten allmählich. Zur Heilung meiner tauben Finger ging ich zur Physiotherapie.

Wenn die Schmerzen sehr stark auftraten, hatte das zur Folge, dass ich mich hinlegen musste. Ich konnte dann aber wegen der immensen Schmerzen nur maximal zwanzig Minuten liegen. Nach wiederum ähnlich langer Zeit des abwechselnden Stehens, Laufens oder Sitzens war ich dann so müde, dass ich mich wieder hinlegen musste. Das konnte ich aber wiederum auch nur maximal zwanzig Minuten aushalten. Es war ein Teufelskreis, der mich rund um die Uhr in Atem hielt.

Wenn ich auf dem Rücken lag, hatte ich noch zusätzlich das Problem, nicht einschlafen zu können. Meistens schlief ich dann vor Erschöpfung ein. Um Hannelore des Nachts nicht zu sehr in ihrem Schlaf zu stören, schlug ich mein Schlaflager vorsorglich jeweils in zwei Zimmern auf, um wechseln zu können.

Beim Besuch meiner Hausärztin, bei dem mich meine Frau begleitete, füllte ich ein Formular aus, um eine Pflegestufe zu beantragen. Die Ärztin bestätigte meine Angaben mit ihrer Unterschrift und unterstützte den Antrag. Am selben Tag noch reichten wir den Antrag bei der nahegelegenen Geschäftsstelle meiner Krankenkasse ein.

Wir staunten nicht schlecht, als der Medizinische Dienst der Krankenkassen, kurz MDK, uns schon nach wenigen Tagen einen Termin für den Hausbesuch nannte. Der Mitarbeiter des MDK stellte bei seinem Besuch die notwendigen Voraussetzungen für die Pflegestufe 1 fest.

Meine Frau stand mir schon einige Zeit als liebevoll pflegendes Familienmitglied zur Seite. Ich war inzwischen nicht einmal mehr in der Lage, mich nach einem Stuhlgang selbst zu reinigen. Um es verständlich zu machen: Meine einst hundertprozentige

Lebensqualität ging mir täglich weiter verloren. Bis zum Tage meiner Schulteroperation war diese Qualität meiner Einschätzung nach auf höchstens zwanzig Prozent gesunken.

Therapeutisch wurde ich von einem Ergotherapeuten versorgt. Er befasste sich mit den Schmerzen in meinen beiden Armen. Nach der Operation meiner rechten Schulter kümmerte er sich besonders intensiv um das Problem meiner Schmerzen in der linken Schulter. Und zwar mit enormem Erfolg, wie ich im Nachhinein feststellen konnte!

Am 11. Oktober 2016 wurde ich endlich an der rechten Schulter operiert, weil die Supraspinatussehne an zwei Stellen fast ganz durchtrennt war. Der Chirurg operierte mich abermals erfolgreich. Nach dem Eingriff wurde mein Arm eingegipst, und ich musste drei Wochen lang eine Armstütze tragen. Für den Heilungsprozess stellte der Arzt einen Behandlungsplan auf. Die anfängliche therapeutische Begleitung fand allerdings nur kurz statt. Ich kämpfte jedoch erfolgreich für ihre Fortsetzung und erhielt weitere physiotherapeutische Anwendungen.

Laut dem ärztlichen Behandlungsplan würde der Heilungsprozess bis zu zwei Jahre benötigen. Dass dies so stimmte, hatte ich schon zwei Jahre zuvor bei der Operation der linken Schulter erfahren.

Einsatz für die Gesundheit

Durch meine körperlichen Beschwerden und weil es uns immer schwerer fiel, den ständigen Einsatz zu bringen, den Haus und Grund erforderten, kamen meine Frau und ich allmählich zu dem Entschluss, unser Anwesen zu verkaufen und in eine altersgerechte Wohnung umzuziehen. Wir beauftragten deshalb einen Immobilienmakler aus unserem Ort mit dem Verkauf von Haus und Grundstück.

Ich brauchte in dieser Zeit meine ganze Kraft dafür, wieder gesünder zu werden! Die Nachbehandlung für die Schulteroperation war in vollem Gange. Die therapeutische Versorgung hatte unser örtliches Krankenhaus übernommen, zu dem ich es von unserem Zuhause aus glücklicherweise nicht weit hatte. Als nachteilig erwies sich mehr und mehr die Behandlung durch meinen Neurologen, die sich leider ohne spürbare Besserung sehr schleppend hinzog.

Von diesem Arzt hatte ich deshalb überhaupt keine gute Meinung. Ich hätte wegen meiner zunehmenden Arm- und Handprobleme meiner Meinung nach schon längst operiert werden müssen. Aber mein Neurologe sah das nicht so! Daher entschied ich, gestärkt durch meinen Orthopäden, mich schon bald persönlich in einer von ihm empfohlenen Klinik in einem Nachbarort vorzustellen. In der für mich zuständigen Abteilung stellte der Oberarzt bei der Untersuchung fest, dass ich an einem typischen Karpaltunnelsyndrom meiner linken Hand litt.

Der Mediziner schlug auch gleich einen Termin für die Operation vor. Am 21. November 2016 wurde ich dann an der Hand operiert. Der Arzt, der die

Operation ausführte, hatte dazu einschränkend festgestellt, ich sei sehr spät mit diesem Problem bei ihnen erschienen, deshalb sei die Chance der völligen Wiederherstellung meiner Gesundheit eher gering, besonders was die Taubheit der Finger beträfe. Aus diesem Grund hegte ich seither einen gewissen Hass gegenüber meinem Neurologen. Das ließ ich diesen Mediziner auch wissen und sagte es ihm geradeheraus ins Gesicht. Er erwiderte jedoch nur ganz cool: „Wieso? Eine Operation hielt ich zu keiner Zeit für notwendig." So muss nun mein Ergotherapeut nach der Karpaltunneloperation auch noch meine tauben Finger behandeln!

Soweit es meine langwierigen medizinischen Behandlungen zuließen, kümmerten Hannelore und ich uns weiter um den Verkauf unseres Hauses. Der erwies sich jedoch als mühselig. Die Abmessungen der Räume unseres schönen Zuhauses entsprachen nicht mehr den heutigen Standards. Wer heutzutage ein Haus kauft, erwartet meist größere Zimmer mit entsprechenden Deckenhöhen. Es gab jedoch eine Interessentin, die damit kein Problem hatte. Nach vielen Kontakten mit unserem Makler war sie bereit zu kaufen. Am 22. Dezember 2016 war es dann soweit. Es kam zur feierlichen Unterzeichnung des Kaufvertrages mit der freundlichen Neubesitzerin. Die Kaufsumme wurde vertragsgemäß bei Schlüsselübergabe fällig. Mit diesem Betrag konnten wir nun unsere Zukunft sorglos planen.

Das vom Schicksal geprägte Jahr ging nun zu Ende. Wir waren voll der guten Hoffnung, was unsere Zukunft anging, und setzten alle Hebel in Bewegung, um die sich uns stellenden Aufgaben Schritt für Schritt zu bewältigen.

Ein verflixter Freitag der 13.!

Dieser Tag im Januar 2017 war erst einmal ein ganz normaler Tag für mich. Ich hatte einen Termin bei meinem Ergotherapeuten, der mich immer noch wegen der sehr schmerzhaften Folgen meines Fahrradunfalls vom 5. Juli 2016 behandelte.

Der Therapeut wohnte in unserer Nähe und wollte mich in seinem Wagen zu seiner Praxis mitnehmen. Er meinte: „Sie gefallen mir gar nicht so recht." Ich bestätigte seine Beobachtung und nannte ihm auch den Grund dafür: „Ich leide unter einer quälenden Schlaflosigkeit".

Die Ursache dafür war nachvollziehbar, denn aufgrund des Unfalls im Juli 2016 war ich nicht mehr arbeitsfähig, konnte somit meinen täglichen Aufgaben in Haus und Garten nicht mehr nachkommen. Das hatte ja dazu geführt, dass meine Frau und ich uns schweren Herzens entschieden, unser schönes Haus, mein Elternhaus, zu verkaufen. Das hatte ich niemals in meinem Leben so geplant!

In diesem Haus wurde ich geboren. Jahrzehntelang hatte ich mein Herzblut in Renovierung, Ausbau und Verschönerung unseres Anwesens investiert. Mein Neffe Jürgen, Sohn von Heinz und Hannchen, erblickte ebenso wie ich in diesem Haus das Licht der Welt. Meine liebe Frau fühlte sich mit dem Haus und unserem Garten zutiefst verbunden und hätte das alles normalerweise zu keiner Zeit aufgeben mögen.

In Folge dieser Entwicklung erwarteten uns viele Aufgaben, Termine und Planungen für Hausverkauf und Wohnungssuche. Mit anderen Worten: Stress ohne Ende.

Am Ende war der Hausverkauf gelungen, eine altersgerechte Wohnung wurde gefunden. Termin zur Hausübergabe, so auch der Einzug in die neue Wohnung standen jeweils fest. Der Zeitdruck war allgegenwärtig! In diesem ereignisreichen Jahr 2016 hatte ich nach meinem Unfall auch noch zwei Operationen hinter mich gebracht und medizinischen Therapien ohne Ende Folge geleistet. Hinter meinem Genesungswunsch stand ein starker Wille!

Zu guter Letzt erhielt ich bei einer weiteren Untersuchung in einer Düsseldorfer Klinik auch noch den Hinweis auf irgendeine rheumatische Erkrankung. Meine Hausärztin hatte mich in diese Klinik überwiesen, weil mein gesamter Körper hohe Entzündungswerte aufwies.

Der Professor, der die Untersuchung durchführte, empfahl mir eine Therapie. Ich entgegnete verängstigt: „Noch eine Therapie? Wie soll ich das alles zeitlich hinkriegen?" Der Mediziner versuchte mich jedoch zu beruhigen: „Ich meine damit doch bloß eine Medikamententherapie." Ich fühlte mich erleichtert! „Und dazu verordne ich ihnen eine Cortisontherapie", ergänzte der Professor.

Da ich von Natur aus eine sogenannte unruhige Seele bin, ist Stress bei mir in anstrengenden Lebenslagen meistens vorprogrammiert. So schlief ich aus den vorgenannten vielfältigen Gründen immer weniger Stunden pro Nacht.

Zuletzt, in der Nacht auf Freitag, den 13. Januar 2017, kam ich gerade mal auf eine einzige Stunde. Ich benötigte dringend fachliche Hilfe. Dies konnte so nicht mehr lange gutgehen. Meine Frau wurde durch meine stetige Abwesenheit in unserem Ehebett in Mitleidenschaft gezogen, weil sie keine Ruhe mehr fand. Dadurch klagte sie des Öfteren über Magenschmerzen. Die Sorge um Hannelore übertrug sich dann wiederum auf mich, was es für mich auch nicht leichter machte.

Nun saß ich also an jenem „schwarzen Freitag" völlig erschöpft im Wagen meines Ergotherapeuten. Ich folgte seinem Vorschlag, zu meiner Hausärztin zu fahren, um dann zu dritt über mein Problem zu befinden. Im Gespräch schlug die Ärztin vor, ich solle in ein für seine Psychotherapien bekanntes Klinikum gehen, um mich dort einige Zeit auszuruhen und idealerweise wieder schlafen zu können.

Das ist natürlich sehr gewagt, dachte ich im Stillen, weil diese Klinik im Volksmund unter dem Begriff „Verrücktenanstalt" bekannt war. Aber ich hatte auch gehört, dass der Betreiber dieser Klinik schon länger daran gearbeitet habe, das öffentliche Image seines Hauses zu verbessern.

Meine geliebte Frau und ich brauchten in dieser zugespitzten Situation Abstand von unserem sonst so glücklichen Eheleben, denn unsere Ehe stand auf dem Spiel! Hannelore sagte des Öfteren: „Du bist nicht mehr der Alfred, den ich kenne." Ich wusste nicht mehr, wie ich das Verhalten meiner Frau deuten sollte. In meinen Empfindungen, die stark vom dauernden Schlafentzug geprägt waren, fühlte ich mich sogar durch sie gemobbt. Sie schien mich immerzu in unser Schlafzimmer zu locken. Mir war eigentlich klar, dass sie das aus Liebe und kluger Weitsicht tat, um zur Verbesserung meiner Gesundheit beizutragen. Aber in meinem Zustand konnte ich nicht mehr wirklich klar denken.

Am extremsten war es in jener Nacht, in der sie mich gegen meinen Willen einschloss, weil sie mich zwingen wollte, bei ihr zu bleiben und mit ihr zusammen auszuschlafen. Dazu versteckte sie sogar den Zimmerschlüssel, so dass ich ihn nicht finden konnte. Das machte mich wütend und sauer. Deswegen konnte ich erst recht nicht schlafen, und diese Nacht kam mir endlos lang vor.

Hoffnung auf Erlösung

Nach dem Gespräch in der Praxis meiner Hausärztin chauffierte mich mein Ergotherapeut also gegen Mittag des 13. Januar 2017 freundlicherweise auf meinen Wunsch hin zu dem Klinikum. Ich sehnte mich nach Schlaf und war mir sicher, diesen dort ausreichend zu finden. Als ich in der Klinik ankam, waren einige Formalitäten zu erledigen. Das lief alles ganz zufriedenstellend, bis etwa um 22 Uhr. Da wollte ich nun endlich in mein Bett, das sich in einem Zweibettzimmer der geschlossenen Station befand. Ich teilte mir den Raum mit einem anderen Patienten.

Zu dem Zeitpunkt, als ich nach nunmehr 35 Stunden des Wachseins endlich ins Bett gehen wollte, wurden auf einem Gang einige inkontinente Patienten auf die Nacht vorbereitet. Zwei Pfleger und eine Pflegerin liefen mit Mundschutzmasken ausgestattet nervös hin und her. Ich konnte nur flach atmen.

Nach einer knappen Stunde wurde es wieder ruhiger, und ich hätte schlafen gehen können. Mein Zimmernachbar war aber auch noch wach und hielt Schalen von einer Mandarine in der Hand. Er schaute ziemlich einfältig und müde aus den Augen. Wie ich nun mal bin, nämlich gutmütig und hilfsbereit, nahm ich ihm die Schalen aus der Hand, und er fand es gut.

Wenige Meter entfernt standen Mitarbeiter an einer geöffneten Außentür, um beim Schichtwechsel gemeinsam ein Zigarettchen zu rauchen. Man konnte förmlich erkennen, dass sie sich sehr wichtig vorkamen!

Ich sah in nächster Nähe kein Müllbehältnis für die Schalen. Also fragte ich die Pfleger: „Darf ich stören?" „Nein, jetzt nicht!", ertönte es aus dem Mund eines Pflegers. Diesen hatte ich bei meiner Ankunft schon kurz kennen gelernt, nämlich beim Ausfüllen der Patientenformulare. Er hieß Theo.

Ich legte diese geringe Menge an Schalen einfach auf den Boden. Es war ja auch nicht mein Abfall und die Mülleimer im nächsten Gang standen mehr als zehn Meter entfernt. Schon stand Theo hinter mir! „Was ist das"? Sollte wohl heißen: „Wo sind wir denn hier? Sofort aufheben!" Dann ging Theo wieder zu seinen Leuten.

Ich kam mir wie ein Hundchen vor, das brav seinem Herrchen aufs Wort folgt. Ich hob also den Abfall wieder auf und wollte ihn eigentlich dorthin bringen, wo er hingehörte. Dann aber dachte ich, ich bin doch so schrecklich müde. Lass es doch die Pfleger tun, die haben jüngere Beine! Also legte ich die kleine Menge an Abfall genau wieder an dieser Stelle ab. Die Strafe folgte auf dem Fuße! Eine Lawine von Pflegerinnen und Pflegern rollte auf mich zu. Theo voran.

„Sofort aufheben!", so sein Befehl.

Misshandlung auf Krankenschein

Ich tat es auch dieses Mal und wollte mich und den Sachverhalt erklären; ich wäre erschöpft und dieses sei nicht mein Abfall. Theo mit böser Stimme: „Du erklärst gar nichts!" Mit diesen Worten packte er mich mit all seiner Muskelkraft am rechten Arm. Dann kam eine Kollegin und nahm meinen linken Arm. Diese war auch kräftig und muskulös!

Später erfuhr ich, dass dieses Paar, Theo und Claudia, gemeinsam Nachtdienst hatte. Ich sah keine Chance, aus dieser Situation ohne eine Fraktur herauszukommen. Wir setzten uns in Bewegung. Es hatte etwas mit einer Karawane zu tun. Etwa sechs bis sieben Leute folgten uns. Wir gingen ungefähr dreißig Meter durch den Flur und erreichten dann eine Art Folterkammer. Hierin standen einige Betten, teils mit vielen Gurten ausgestattet. In eines dieser Betten wurde ich verwiesen.

Die Karawaneneinheit zog sich in einen Nebenraum zurück. Nun war ich in dem vermeintlichen Verhörraum alleine und lag im Bett. Es gab ein Fenster wie in einem Verhörraum. Ich glaubte, dieser mit verschiedenen Betten bestückte Raum sei schallisoliert, weil hinter dem Fenster einige Frauen waren, die sich wohl köstlich über meine Anwesenheit amüsierten. Zumindest hatte ich diesen Eindruck. Ich fand es nicht angenehm. Wie hätte ich in diesem Zustand einschlafen können?

So stark wie es ging, trampelte ich mit beiden Füßen gegen das Fußende des Bettes. Das bewirkte bei meinen Zuschauerinnen jedoch keinerlei Reaktion. Daraufhin verließ ich das Bett, löste darin alles, was es zu lösen gab oder was lose war, und warf es auf den Boden. Kissen, Bezüge, Matratze, sogar einen Topper. Dann richtete ich mir in einem Winkel, wo ich den Blicken meiner Betrachter ausweichen konnte, eine Schlafgelegenheit ein. Damit war ich jedoch auch noch nicht zufrieden. So trat ich als Nächstes, nur mit Strümpfen bekleidet, gegen eine Tür. Auch das brachte mir keinerlei Aufmerksamkeit ein.

Jetzt rüttelte ich mit letzter Kraft an Schranktüren, Türen und schließlich an einem Fenster, welches sich bald aus seiner Befestigung lösen würde und zu Boden schlagen konnte. Dass ich mich dabei hätte verletzten können, damit musste ich schon auch rechnen. Es saß nicht sehr fest in seiner Verankerung.

Nachdem ich einige Zeit so verbracht hatte, gab es endlich die von mir gewünschte Reaktion! Eine zweite Tür, vom Zuschauerraum ausgehend, wurde geöffnet. Es traten viele Personen herein, nach meiner Schätzung etwa zehn Männer und Frauen. Diese bewegten sich wie eine Front auf mich zu - langsam.

Dann packte mich das mir schon bekannte „Türsteherpaar", Theo der Brutale und Claudia das Biest, so heftig an meinen Armen, dass mir Hören und Sehen verging. Die Würgerin nahm mich zur Seite und drückte ihre flache Hand derart gegen meinen Kehlkopf, dass ich das Gefühl hatte, er befände sich nun in der Mitte meines Halses. Eine Erfahrung, die ich bis dato noch nicht gemacht hatte.

Die beiden hatten mich nun wieder in ihrer Gewalt, mein Kopf befand sich in Kniehöhe. Zur gleichen Zeit ließen sie mich wie synchronisiert los, so dass ich auf den harten Boden knallte, und zwar mit dem Kopf zuerst. Das tat wahrlich nicht gut!

Dann kniete Theo sich zur Linken und Claudia sich zur Rechten jeweils auf meine Schultern. Man muss wissen, die beiden hatten Arme und Beine wie Baumstämme, und die waren auch genauso schwer. Ich dachte und beklagte zugleich: „Meine Schultern wurden beide operiert. Die rechte jüngst, die linke vor zwei Jahren!" Meine Peiniger störte das wenig, ihnen ging es nur darum, mich ruhigzustellen. Denn jetzt erfolgte die Aktion: „Anschnallen, arretieren!", und zwar in dem Bett, im dem ich diese Nacht verbringen musste.

Anwesend war dabei auch ein „Spezialist". Aber die beiden Türsteher und Quäler durften mich ans Bett fesseln. Linke Hand, rechte Hand, linker Fuß, rechter Fuß wurden mit harten Bändern am Bett befestigt und ich bewegungslos arretiert. Dann noch ein Band zwischen meinen Beinen in meinem Schritt vom Po aus. Das durfte Claudia das Biest ausführen, was ihr sichtlich Spaß bereitete. Sie legte den Gurt so eng an, dass ich sagen musste, ich sei unten herum doch nicht so beschaffen wie sie. Sie solle Rücksicht üben!

Dann legte die Fachkraft, der „Spezialist", noch Hand an. Diese Person sprach sogar mit mir. In diesem Moment eine willkommene Annehmlichkeit! Der Mann lockerte die Bänder „geringfügig" auf meinen Wunsch hin. Er versprach mir, später noch einmal nach dem Rechten zu sehen. Dieses Versprechen hielt er jedoch nicht ein. Er ließ sich bei mir nicht mehr blicken!

Um mich herum wurde es allmählich sehr ruhig. Nun begann ich richtig zu leiden. Mir fiel nach langer Qual das Leiden Christi ein. Ich lag sehr flach auf dem Rücken. Das bereitete mir starke Schmerzen, und richtig einschlafen zu können war nun erst recht unmöglich. Ich dachte an Jesus. Wie lange war er ans Kreuz genagelt, bis er endlich erlöst war? Acht oder gar neun Stunden? Ich wusste es nicht mehr genau. Hier überlebte ich nun unter diesen schrecklichen Bedingungen sogar elf Stunden!

Man muss wissen, dass ich nach meinem Unfall vor gut einem halben Jahr noch nicht wieder genesen war und dieses Folterbett ein ganz flaches Liegen erzwang. Aber erst nach insgesamt dreizehn Stunden wurde ich aus meinen Fesseln befreit! Die Zeit, die ich hilflos gefesselt im Bett zubringen musste, kam mir wie eine Ewigkeit vor.

Unstillbare Sehnsucht nach Schlaf

Bald darauf konnte ich in das Zweibettzimmer zurück, das ich schon kurz kennen gelernt hatte, und hoffte, mich endlich ausschlafen zu können. Schließlich hatte ich vorher 51 Stunden nicht geschlafen!

Als ich nach dreizehn oder vierzehn Stunden wieder aufwachte, bemerkte ich einige Dinge, die vorher nicht dagewesen waren. Das ließ mich darauf schließen, dass meine Frau mich zwischenzeitlich besucht hatte, mich aber nicht aufweckte. Meine Hannelore ließ mich also durchschlafen. Jetzt bekam ich Sehnsucht nach ihr und wollte nun dringend mit ihr telefonieren. Ich suchte nach meinem Handy – doch vergeblich! Es hatte wohl Beine bekommen.

Als ich in dieser Situation umherirrte, entdeckte ich ein allgemein zugängliches Telefon. Der Apparat konnte jedoch nur mit einer aufgeladenen Telefoncard betrieben werden. Ich machte mich schlau und erfuhr, dass es diese Telefonkarten in einem nahegelegenen Kiosk zu kaufen gab. Aber wie sollte ich dorthin gelangen? Ich durfte dieses Gebäude ja nicht verlassen. Selbst wenn ich wollte, es war alles verriegelt!

Da bat ich einen Pfleger, mich mit meiner Frau telefonisch zu verbinden. Dieser, ein junger arroganter Schnösel, sagte, es sei dafür zu spät. Meine Frau würde schon schlafen. Das fand ich anmaßend von ihm. Er aber ließ mich einfach stehen und ging fort.

Ich litt weiter unter der furchtbaren Schlaflosigkeit und einer gewissen inneren Unruhe.

Die Ursache war nun jedoch nicht mehr in meinem bisherigen Alltagsstress begründet, sondern hatte auch noch einen medikamentösen Hintergrund. Zu dieser Einschätzung kam die für meine Behandlung in diesem Haus zuständige Stationsärztin. Sie sah einen Zusammenhang mit der Cortisontherapie, die mir der Professor in der Düsseldorfer Klinik verschrieben hatte. Also sorgte sie dafür, dass bei mir die Einnahme des Cortisonpräparats sofort bis auf null heruntergefahren wurde. Parallel verschrieb sie mir noch andere Medikamente.

Nach Einnahme dieser anderen Medizin konnte ich mit meinen Augen nur noch schematisch etwas erkennen. Es war mir nicht möglich, etwas niederzuschreiben. Ich verspürte aber das dringende Bedürfnis, meine negativen Erfahrungen, die ich am Freitag, dem 13. Januar 2017, in diesem Klinikum gemacht hatte, schriftlich festzuhalten. Ich fühlte mich in dieser Zeit jedoch so, als hätte ich Drogen genommen.

In dem Zweibettzimmer vom ersten Tag meiner Aufnahme verbrachte ich nur noch eine Nacht. Dann zog ich um in ein größeres Zimmer mit mehreren Betten, aber nur für eine Woche. Diese Räumlichkeit war mir deswegen sympathisch, weil ich dort alleine wohnte. Jedes Mal, wenn ich geschlafen hatte, mal zwei Stunden oder im günstigsten Fall auch fünf Stunden, machte ich mich frisch und schlich durch die Gänge der Station.

Was ich dann meistens zur nächtlichen Zeit alles so mitbekam, hätte ich sicher nicht sehen sollen. Manches Mal fühlten sich die Pfleger, natürlich auch Pflegerinnen, ertappt. Nach allem was ich dort sah und erlebte, zweifelte ich nun endgültig an einem verbesserten Image dieses Klinikums.

Es lag überhaupt nicht in meiner Absicht, aber so allmählich war ich beim Personal gefürchtet. Wenn ich mich vorsichtig durch die Gänge bewegte, wollte ich eigentlich nur frische Luft schnappen. Das war jedoch nicht so einfach möglich. Es durfte kein Personal in Sicht sein, denn es schliefen Patientinnen wie Patienten überall, auch auf den Gängen, in ganz verschiedenen Nachtlagern. Manche von ihnen sehr unbequem.

Um Sauerstoff von außen einatmen zu können, konnte man vom verriegelten Kippfenster nur einen geringen Winkel öffnen. Doch kaum, dass ich endlich die frische Luft in Dankbarkeit genießen konnte, näherte sich überraschend ein Pfleger aus einem Seitengang. Sofort hieß es: „Machen sie das Fenster zu, Herr Heiser! Die Patienten hier könnten sich erkälten!"

Tagsüber war das anders. Da gestattete das Pflegepersonal es einigen Patientinnen und Patienten, bei geöffneter Außentür eine Zigarette zu rauchen. Sie stellten sich vor sie und rauchten ebenfalls. Hier hätte ich auch die Gelegenheit gehabt, frische Luft zu erhaschen, aber wie sollte das gehen bei all dem Qualm?

Meine heldenhafte Hannelore

Bei allen negativen Erfahrungen war mir eins vergönnt: Ich fand Gefallen an den täglichen Mahlzeiten. Natürlich freute ich mich auch über jeden Besuch. Meine Hannelore kam jeden Tag zu mir, trotz
der vielen Aufgaben verschiedenster Art, die sie zu
erfüllen hatte. Sie hielt unser Haus in Ordnung, traf
die Vorbereitungen für unseren Umzug und bekös-
tigte sich selbst. Außerdem stand sie Rede und Antwort gegenüber jedermann, der wissen wollte, ob es
mir besser ging und wie es mit unserem Umzug voranging.

In diesen arbeitsreichen Tagen standen unsere
Töchter ihrer Mutter tatkräftig zur Seite. Sie chauffierten sie zu einem bestimmten, rund 16 Kilometer
entfernten Möbelhaus und halfen ihr, Kleinmöbel,
Geschirr und andere Gegenstände in die neue Wohnung zu transportieren.

Nacheinander besuchten mich meine drei Töchter im Krankenhaus, das für mich mehr einem Gefängnis glich. Ich genoss es, sie in meine Arme zu
schließen.

Hannelore leistete während meines dreiwöchigen
Krankenhausaufenthalts Unsägliches, um unser altes Haus zu räumen und die neue Wohnung für unseren Einzug vorzubereiten! Sie orderte schließlich
einen Möbelspediteur und zog mit Hilfe dieses Unternehmens den arbeitsreichen Umzug vom Haus in
unsere künftige Wohnung durch.

Unser Freund Ralf unterstützte Hannelore auch
zweimal und chauffierte sie. Die Freunde Klaus, Ralf

und Josef besuchten mich während dieser drei Wochen in der Klinik. An einem Tag erwartete ich sehnsüchtig Babette. Sie hatte ihren Besuch angekündigt, und so ging ich mehrere Male zur verschlossenen Eingangstür und hoffte, Babette kommen zu sehen. Spät am Abend wurde mir klar, dass sie nun nicht mehr erscheinen würde. Ich war enttäuscht und niedergeschlagen.

Am folgenden Tag erfuhr ich dann, dass Babette, als sie in unserem Dienste unterwegs war, bei einem Unfall einen Totalschaden ihres Wagens erlitten hatte. Ich erkundigte mich sofort nach ihrem Befinden. Zum Glück war ihr persönlich nichts zugestoßen. Ich dankte unserem Herrgott dafür! Zusätzlich war es für mich sehr beruhigend zu erfahren, dass sie an diesem Unfall keinerlei Schuld trug. Auch hier fiel mir ein Stein vom Herzen.

Mein letzter Umzug in ein Zweibettzimmer stand an, da der Mehrbettraum für einen Patienten mit psychischen Problemen benötigt wurde. Das neue Zimmer musste ich mit jemandem teilen, der außerordentliche Bedürfnisse hatte. Er stellte die Heizkörper dauernd auf 25 Grad Wärme und hatte es am liebsten, wenn die Rollläden unten blieben. So war Dunkelheit an der Tagesordnung und die Fenster blieben fest verschlossen. Wie ich schon erklärte, ließen sich die Fenster nur in einem geringen Winkel öffnen. Die Bedingungen, hier ausschlafen zu können, waren demzufolge so gut wie nicht gegeben.

Beim Einordnen meiner Sachen und Dinge entdeckte ich – eher zufällig – beim Öffnen des Schubfachs meines Bettnachbarn mein Handy! „Das ist mein Telefon", sagte ich zu Bernd. Wir hatten uns schon das Du angeboten. „Och", sagte er, „das hab' ich gefunden. Ich wollte es schon wegwerfen. Es ist kaputt." „Nein, es ist nur gesperrt", entgegnete ich. Solch eine Sperrung tritt nach einer vorprogrammierten Zeit automatisch ein. Mit einem Code wäre mein Handy wieder einfach zu entsperren gewesen. „Das wusste ich nicht", sagte er treuherzig. Ich war froh und erleichtert, dass ich mein Handy wieder besaß.

Am späten Abend, vielleicht war es auch schon Nacht, schlich ich mich aus dem Zimmer, nachdem ich die Fenster auf Kippstellung gebracht und die Heizkörper abgestellt hatte. Am nächsten Tag drohte mir Bernd: „Mach' das nie wieder!" Aber das war mir egal. Ich wiederholte diese Frischluftzufuhr und die Heizkörper auf null zu stellen immer wieder. Wenn es mir möglich war und Bernd nichts gemerkt hatte, stellte ich alles wieder zurück, wie es vorher war.

Über dieses kleine Problem hinaus verstand ich mich mit Bernd in der Folgezeit ausgezeichnet. Es entstand quasi eine Art Freundschaft zwischen uns beiden. Wir begegneten einander sehr rücksichtsvoll. Der eine war für den anderen da.

Eines Tages sprach Bernd mir gegenüber ein gewisses Lob aus, indem er sagte: „Bleib so wie du bist." Mir kamen beinahe die Tränen. Ich bedauerte nur, dass es um das Ausschlafen in diesen drei Wochen schlecht bestellt war. War es doch der eigentliche Grund für meinen Aufenthalt gewesen.

Unsere Tochter Simone ist mit einem Arzt für innere Medizin befreundet. Da dieser Dr. Borski regelmäßig auch das Klinikum besuchte, in dem ich untergebracht war, begegneten wir uns während meines Aufenthalts zwangsläufig. Aus meiner Jugendzeit war mir noch sehr gut der Vater des Arztes in

Erinnerung, der damals in meinem Heimatort Urdenbach als Volksschullehrer tätig war.

Darüber, weswegen ich in diesem Klinikum verweilte, musste ich mit Herrn Dr. Borski nicht reden. Man freute sich einfach nur über das Zusammentreffen, auch wenn ich in diesem Moment noch nicht ahnen konnte, dass Dr. Borski später noch für mich von positiver Bedeutung sein würde.

Drei Tage vor meiner Entlassung befiel mich noch ein Virus, das sogenannte Norovirus. Es folgte für mich eine schlimme Nacht. Tagsüber musste ich einen Mundschutz tragen und durfte mein Zimmer nicht mehr verlassen. Die Mahlzeiten wurden mir aufs Zimmer gebracht. Hatte ich mich bislang schon gefühlt wie in einem Gefängnis, war ich nun im doppelten Sinne gefangen. Das hatte mir gerade noch zu meinem Pech gefehlt!

Als mich Hannelore am nächsten Tag besuchte, schützte sie sich mir gegenüber nur unzureichend und nahm dieses verflixte Virus mit nach Hause! Zu Hause allein ging es ihr dann auch sehr schlecht. Gut, dass ich davon nichts wusste. Ich hätte mich sonst sehr gegrämt.

Nach dieser zusätzlichen Zuspitzung meiner gesundheitlichen Lage wurde ich nach dreiwöchigem Klinikaufenthalt endlich entlassen. An diesem Tag, es war der 2. Februar 2017, holte mich meine liebe Frau aus der Klinik ab. Chauffiert wurde sie von unserem Freund Ralf.

Bald schon erreichten wir überglücklich unser altes Haus in der Petersstraße, das nur noch für kurze Zeit unser Zuhause sein sollte. Nach dem Debakel der vergangenen drei Wochen im Klinikum genoss ich meine wiedererlangte Freiheit!

Meine Genesung machte bald gute Fortschritte. Ich fügte mich nach und nach wieder in mein Alltagsleben ein, wenn auch mit verminderter Kraft. Die Wochen meiner Abwesenheit fehlten uns beiden. Unaufhaltsam rückten die mit der Abwicklung des Hausverkaufs verbundenen Terminfristen näher.

Von meiner bisherigen Hausärztin verabschiedete ich mich höflich, weil ich beschlossen hatte, künftig lieber von Herrn Dr. Borski als meinem Hausarzt betreut zu werden. Das war für mich eine dringend notwendige Entscheidung. Ich hatte das Vertrauen zu meiner ehemaligen Hausärztin verloren, da sie mich im Zustand meiner furchtbaren Erschöpfung in ein für meine Begriffe falsches Klinikum zum Ausruhen und zum Ausschlafen eingewiesen hatte.

An dieser Stelle muss ich ausdrücklich darauf hinweisen, dass ich niemals in dieses Klinikum hineingehört hätte! Als mir meine Hausärztin an jenem Freitag den 13. dazu riet, mich dort auf meinen eigenen Wunsch hin aufnehmen zu lassen, befand ich mich in einer prekären Situation, so dass ich an diesem Tag alles in Kauf nahm, um einfach nur noch schlafen zu können!

Als ich schon bald nach meiner Entlassung Dr. Borski in seiner Sprechstunde aufsuchte, machte er mir ein Kompliment. Er sagte zu mir: „Herr Heiser, ich muss Ihnen ein großes Lob aussprechen. Sie haben sich während Ihres Aufenthalts in diesem Klinikum vorbildlich verhalten." Ich erwiderte: „Das aus Ihrem Mund? Welch wohltuende Worte. Danke, Herr Doktor!"

Wir finden unser neues Zuhause

Als wir uns zum Verkauf unseres Hauses entschlossen hatten, suchten wir wochenlang nach einer auf unsere Bedürfnisse zugeschnittenen Wohnung. Zunächst suchten wir vorrangig eine Eigentumswohnung. Nach einiger Zeit merkten wir jedoch, dass sich für uns eine Eigentumswohnung, kaufmännisch betrachtet, nicht rechnen würde, weil wir beide um die achtzig Jahre alt sind. Die beim Kauf fällige Grunderwerbssteuer wäre ziemlich hoch. Dadurch war es uns relativ früh klar, dass wir nun eher eine Mietwohnung wollten.

Wir hatten den Wunsch, möglichst in unserer bisherigen Wohngegend zu bleiben. Aber hier eine Wohnung zu finden, schien uns unmöglich. Von Düsseldorf-Wersten bis hin nach Ratingen besichtigten wir unzählige Wohnungen und fuhren von einer zur anderen, ohne einen Erfolg verbuchen zu können. Zwischenzeitlich waren wir untröstlich! Räumlich bewegten wir uns immer weiter von dem von uns gewünschten idealen Wohnort fort.

Gerade in dieser Zeit besuchte ich wieder einmal eine physiotherapeutische Anwendung im Benrather Krankenhaus. Dort schaute ich in gewohnter Weise am Hintereingang auf eine Pinnwand und traute meinen Augen nicht: Dort befand sich ein Zettel mit einem Wohnungsangebot! Darauf stand geschrieben: „Frisch renovierte Zweieinhalb-Zimmer-Wohnung, Größe 79 Quadratmeter, sofort beziehbar. Lage: Corelliviertel." Dieses Viertel kannte ich sehr gut, denn es war nicht weit von unserer Petersstraße entfernt. Mit verstohlenem Blick nahm ich den Zettel von der Wand und steckte ihn in meine Tasche.

Ich fühlte mich so was von happy! Nach meiner Anwendung konnte ich nicht schnell genug zu meiner Frau zurück. Immerhin lief ich zu diesen Anwendungen zu Fuß hin und zurück jeweils zwanzig Minuten. So schnell wie an diesem Tag hatte ich die Gehstrecke noch nie geschafft!

Zu Hause zeigte ich Hannelore sofort diesen Schrieb. Sie schien ungläubig. Ich rief aber umgehend den Vermieter an, der mir gleich einen kurzfristigen Besichtigungstermin anbot. Wenig später erschienen wir vereinbarungsgemäß in der Corellistraße. Wir staunten nicht schlecht, dass uns diese Räumlichkeiten schon bekannt waren! Es handelte sich bei der Wohnung nämlich um eine Hälfte der früheren Praxis meiner bisherigen Hausärztin. Die andere Hälfte war schon bewohnt. Die Ärztin hatte ihre alten Praxisräume schon vor mehr als zwei Jahren aufgegeben, weil sie im Nachbarstadtteil eine neue Praxis aufmachte.

Diese ehemaligen groß angelegten Praxisräume hatte man so wunderschön umgebaut, dass daraus zwei Wohnungen wurden. Eine bewohnte schon eine vierköpfige Familie, und wir wollten in die andere einziehen. Hannelore und ich, wir begeisterten uns und freuten uns insgeheim schon auf das künftige Wohnen hier, wenn es denn klappen würde. Warum auch nicht? Wir waren uns sicher.

In dieser Wohnung mussten nur noch geringe Restarbeiten erledigt werden. Unsere Vermieter, ein Ehepaar, das selbst nicht im Haus wohnte, war uns sympathisch. Wir gefielen ihnen sicherlich auch. Nachdem wir alles Notwendige besprochen hatten, machten wir einen nächsten Termin, um den Miet-vertrag zu unterzeichnen.

Als wir die Wohnung nach der Besichtigung wie-der verlassen hatten, nahmen wir uns freudig in die Arme. Beide stellten wir fest, dass für uns ein Wun-der geschah. Im Traum hatten wir nicht mehr daran geglaubt, eine solch schöne Wohnung in Urdenbach zu bekommen. Besser hätten wir es nicht antreffen können! Unsere lieben Ahnen dort oben im Himmel hatten bei unserem Herrgott ganz bestimmt ein gu-tes Wort für uns eingelegt.

Es kam der Tag, da wir den Mietvertrag unter-zeichneten. Ab 12. Januar 2017 waren wir Mieter der schönen Wohnung im Corelliviertel von Düsseldorf-Urdenbach. Die Wohnung liegt im Hochparterre, ist also auch günstig zu erreichen.

Genau einen Tag später begann, was ich unter der Überschrift „Ein verflixter Freitag der 13." bereits beschrieben habe. Nach unserem Höhenflug kam also abrupt der vorübergehende Absturz, von dem meine Frau am allerschlimmsten getroffen wurde. Sie musste während der folgenden langen Wochen meiner Abwesenheit Übermenschliches leisten und die Fortführung aller Arbeiten, zu denen wir beide verpflichtet waren, alleine schultern!

Ein Glück, dass da noch unsere Töchter waren, auf die sie sich hundertprozentig verlassen konnte. Sie standen ihrer Mutter im wechselnden Rhythmus zur Seite und halfen ihr nach Kräften. Hannelore musste ja während meiner Abwesenheit vielseitig tä-tig sein. Da galt es auch für die künftige Wohnung viele Einrichtungs- und Gebrauchsgegenstände aus-zusuchen und diese zu kaufen. Darunter waren eini-ge Dinge, die wir bald benötigten, die aber an eine

Lieferfrist gebunden waren. Darum war insgesamt schnelles Handeln vonnöten. Hierbei begleitete sie jeweils eine unserer Töchter.

Und da war ja auch noch Hannelores Ehemann, der sie gerade nicht unterstützen konnte, weil er im Krankenhaus war! Mein Schatz ließ keinen Tag aus, mich zu besuchen, mich mit Naschwerk, aber auch mit für mich wichtigen Dingen zu umsorgen. Ja, um die Liebe zu mir zu unterstreichen.

Zusätzlich zu den vielen Leistungen, die meine Frau zu erbringen hatte, musste sie auch noch den ganzen Umzug managen. Wie es gelaufen wäre, hätte sie nicht unsere Töchter zur Seite gehabt, mag ich mir nicht ausmalen. Deshalb an dieser Stelle ein ganz großes Lob an Melinda, Simone und Babette! Und was das Handeln meiner Hannelore insgesamt betrifft – einfach heldenhaft!

Unser Glück – kaum begreiflich

Am 28. Februar 2017, mehr als drei Wochen nach meiner Entlassung aus der Klinik, war der Termin zur Schlüsselübergabe. Wir mussten unser bisheriges Zuhause besenrein an die Käuferin übergeben. Bis dahin hatten wir noch einen harten Kampf gegen die Zeit zu führen gehabt. Aber es kam zur pünktlichen Übergabe, weil auch die Käuferin ihre Pflicht erfüllte.

Den offiziellen Einzug in unsere neue Wohnung datierten wir auf den 1. März 2017. Für uns ein glücklicher Tag. Von nun an konnten wir uns Schritt für Schritt wieder in ein geordnetes Leben einfügen. Dieses behagliche Dasein war uns in der letzten Zeit nicht vergönnt gewesen. Nun waren wir endlich in unserem neuen Zuhause angekommen!

Meine Genesung gestaltete sich sehr zufriedenstellend, aber die erste Zeit des neuen Wohnens war trotzdem beschwerlich. Es fehlte uns dringend ein richtiges Bett. Hannelore hatte für uns ein Boxspringbett gekauft, die Lieferung stand jedoch noch einige Wochen aus. Flach auf dem Boden zu liegen war in jüngeren Jahren kein Problem für uns, jetzt brauchten wir aber eine altersgerechte Schlafstatt.

Wir mussten uns noch wochenlang behutsam in der Wohnung bewegen. Überall standen Stapel von Umzugskartons sowie Schubladen, Gerätschaften und andere Dinge im Weg. Wer kennt das bei einem Umzug nicht? Die Einrichtung der Küche fehlte auch noch. Wir behalfen uns so gut wie es eben möglich war. Trotz aller Umstände waren wir sehr happy.

Noch etwas Neues nahmen wir in Angriff: Nachdem wir mehr als drei Jahre kein Auto besessen hatten, kauften wir uns bald eins. Finanziell war es nun wieder möglich. Wir blieben jedoch bescheiden und schafften uns einen bequemen Kleinwagen an. Er war nicht einmal neu, sondern hatte jemand schon fünf Jahre treu gedient. Das Autofahren bereitete mir während der ersten Monate noch Schwierigkeiten, da ich noch nicht ausreichend genesen war.

Inzwischen genießen wir schon unser ersehntes Bett. Unsere Küche wurde montiert, und wir benutzen sie auch schon. Meine Frau hatte den Wunsch, das Wohnzimmer ganz in Weiß auszustatten. Um ihren Wunsch Wirklichkeit werden zu lassen, kaufte sie die Möbel und alle entsprechenden Wohnaccessoires ein. Ihr Argument: „Diese Farbe lässt die Räumlichkeiten größer erscheinen." Genauso sah ich das auch und erfreue mich an dem schönen hellen Wohnzimmer. Der Vitrinenschrank ist mit Warmtonbeleuchtung ausgestattet, die den besonderen Charme des Zimmers noch unterstreicht.

Den großzügigen Balkon richteten wir uns zum Wohlfühlen ein. Inzwischen gibt es dort viele schöne Gewächse und Blumenstauden. Gewürze und Pfefferminze konnten wir bereits ernten. Die Tomatenpflanzen entwickelten sich ganz prächtig. Ich kaufte Fleischtomatenpflanzen, die schon bald ihre ersten Früchte trugen.

Die Aussicht von unserem neuen Zuhause nach draußen lässt vergessen, dass wir in einem Mehrfamilienhaus wohnen, egal ob man aus den Fenstern nach vorn auf einen Fußweg oder nach hinten hinausschaut.

Im Frühjahr und Sommer blicken wir auf grüne Rasenflächen, auf blühende Büsche und Bäume und lauschen dem fröhlichen Gezwitscher bunter Vogelscharen. Durch den dichten Bestand der Bäume und das frische Grün sind die Nachbarhäuser kaum zu erkennen.

Wir wohnen heute einfach paradiesisch schön.

Gutes Ende

Nach dem ersten Jahr unseres neugestalteten Lebens in dieser Wohnung wurde uns so einiges klar. Da wir beide das achte Jahrzehnt unseres Lebens erreicht haben und „nicht jünger werden", wie es so schön heißt, versetzten wir uns gedanklich noch einmal in unseren früheren Alltag.

Da galt es den großen Garten und alles andere zu pflegen und schön zu erhalten. Hannelore hielt das Haus in Ordnung und beteiligte sich auch an den Gartenarbeiten. Uns zu bücken und auf Knien zu arbeiten und wieder hoch zu kommen, wurde allmählich beschwerlicher. Es mussten auch Werkzeuge und Geräte bedient werden, was auch Kraft kostete, die bei uns im Laufe der Zeit spürbar nachließ.

Wären wir in unserem alten Anwesen wohnen geblieben, so hätten wir allmählich Fremdhilfe in Anspruch nehmen müssen. Dazu hätten wir vom Finanziellen her jedoch kaum den notwendigen Spielraum gehabt. Unser gemeinsames Renteneinkommen war zufriedenstellend, erlaubte aber keine sehr großen Sprünge.

Unsere Familie ist mittelgroß, woraus uns auch manche Verpflichtungen erwachsen, die Geld kosten. Deshalb blieb uns früher kaum etwas für die erwähnte Fremdhilfe übrig. Schließlich wollen diese Leute auch bezahlt werden, was für mich selbstverständlich ist. Also hätten wir selber unsere Arbeiten bis zum Gehtnichtmehr leisten müssen.

Wir mögen uns heute nicht mehr vorstellen, wie das hätte enden können. Aus all diesen Gründen war es gut, unser Leben noch einmal grundlegend zu verändern, auch wenn der Volksmund sagt: *Alte Bäume verpflanzt man nicht.* Wie ich durch meine autobiografischen Aufzeichnungen deutlich gemacht habe, trifft dieser Sinnspruch auf uns gar nicht zu. Denn wir sind keine Bäume, sondern lebendige Menschen. Und wir waren klug genug, die alten Bäume auf der Petersstraße zurückzulassen, um nun gemütlich auf unserem Balkon zu sitzen und auf neue Bäume hinter unserem neuen Zuhause zu schauen.

Abschließend komme ich deshalb jetzt auf den Titel meiner autobiografischen Erinnerungen zu sprechen, der mit „Mein Schicksal, mein Unfall" beginnt.

Welcher meiner Leserinnen, welchem meiner Leser müsste ich angesichts der schicksalhaften Entwicklung, die mit meinem Unfall vom 5. Juli 2016 begann, noch erklären, wofür „mein Glück" im Titel steht?

Vita

Alfred Heiser wurde am 19. September 1939 in Düsseldorf als jüngstes von fünf Geschwistern geboren. Der gelernte Einzelhandelskaufmann und technische Zeichner ist Vater von drei Töchtern. Durch einen Unfall und seine dramatischen Folgen wurde er mit der Frage konfrontiert, was „Glück" ist im Leben. Daraus entstand das Bedürfnis, seinem eigenen Lebensweg und dem seiner Familie nachzuspüren. Die ihm wichtigen Fragmente seiner autobiografischen Erinnerungen brachte er schließlich im Alter von fast achtzig Jahren zu Papier. So erarbeitete er sich Schritt für Schritt auf seine grundlegenden Lebensfragen eine abschließende Antwort, deren Optimismus ihn selbst überraschte.

Zeitfracht Medien GmbH
Ferdinand-Jühlke-Straße 7
99095 Erfurt, Deutschland
produktsicherheit@kolibri360.de